BLT

Mit der Welt
auf Buchfühlung

Arto Paasilinna, 1942 im lappländischen Kittilä geboren, ist einer der populärsten Schriftsteller Finnlands und wurde auch außerhalb seines Heimatlandes bereits mit zahlreichen Literaturpreisen ausgezeichnet. Er hat bisher nahezu 40 Romane veröffentlicht, von denen viele verfilmt und in die verschiedensten Sprachen übersetzt wurden.

Arto Paasilinna

Die Rache des glücklichen Mannes

Aus dem Finnischen von
Regine Pirschel

BLT

BLT
Band 92 118

1. Auflage: Dezember 2002
2. Auflage: August 2003
3. Auflage: August 2004

Vollständige Taschenbuchausgabe

BLT ist ein Imprint der Verlagsgruppe Lübbe

Deutsche Erstveröffentlichung
Die finnische Originalausgabe erschien unter dem Titel
Onnellinen mies
bei GUMMERUS, Jyväskyla, Helsinki

Einbandgestaltung: Gisela Kullowatz
Titelfoto: Claudia Müller
Autorenfoto: Cato Lein
Satz: hanseatenSatz-bremen, Bremen
Druck und Bindung: GGP Media GmbH, Pößneck
Printed in Germany
ISBN 3-404-92118-6

Sie finden uns im Internet unter
www.luebbe.de

Der Preis dieses Bandes versteht sich einschließlich
der gesetzlichen Mehrwertsteuer.

1

Da war eine alte Holzbrücke, die über einen schwarzen Fluss führte. Den Fluss nannten die Einheimischen Blutfluss und die Brücke Blutbrücke, und der Grund dafür war, dass während des Bürgerkrieges an jener Stelle folgender Kampf stattgefunden hatte:

Von Norden war eine Maschinengewehrkompanie der Weißen angerückt, um die Brücke zu erobern, die von den Truppen der Roten gehalten wurde. Die Roten hatten sich am Südende der Brücke hinter der Uferböschung verschanzt und leisteten mehrere Stunden lang erbitterten Widerstand. Aber die Angreifer hatten ihr Maschinengewehr so ausgerichtet, dass sie mit seiner Hilfe das Gelände kontrollieren konnten, und so gingen sie als Sieger aus dem Kampf hervor. Am Abend jenes lange zurückliegenden Tages drangen die Weißen nach heftigem Beschuss auf die Brücke vor, und viele Rote wurden ihre Gefangenen, etliche ließen ihr Leben. Während jener entscheidenden Augenblicke war der Zugführer der Roten, ein Mann namens Vornanen, auf die Brücke gelaufen, wo er zur Zielscheibe des Maschinengewehrs geworden war. Der Überlieferung zufolge hatte Vornanen, in seinem Blut liegend, noch mit sehr lauter Stimme geschrien: »Die kommenden Generationen werden unser Blut rächen!« Eine andere Version besagt, Vornanen habe vor seinem Tod Folgendes gerufen:

»Diese Gemeinde wird noch einmal vor den Roten auf Knien liegen, und vorher wird das Blut, das jetzt fließt, hundertfach gerächt!«

Die Weißen nahmen die Brücke in Besitz, spießten den blutüberströmten Vornanen mit dem Bajonett auf und warfen ihn in den Fluss; es wird erzählt, ein Bauernsohn namens Jäminki aus derselben Gemeinde habe diese letzte Tat verübt. Von da an wurde die Brücke also Blutbrücke und der Fluss Blutfluss genannt. Der Strom riss Vornanens Leiche mit sich, sie wurde niemals gefunden, sofern überhaupt nach ihr gesucht wurde, und mit den Jahren verblasste die Erinnerung an dieses blutige Ereignis.

In den dreißiger Jahren fanden auf der Brücke Tanzveranstaltungen statt, und manchmal prügelten sich die jungen Männer des Dorfes dort zum Zeitvertreib, wobei häufig auch der Dolch zum Einsatz kam.

Während des Zweiten Weltkrieges patrouillierte Eemeli Jäminki, ein Mitglied des Schutzkorps und der reichste Bauer der Gemeinde Kuusmäki, mit geschultertem Gewehr auf der Brücke. Er war Vorsitzender des Wohlfahrtsausschusses und brauchte somit nicht an die Front, doch militärisch aufgeklärt, wie er war, wollte er dennoch seine Kraft in den Dienst des Staates stellen. So stand er denn fast während des ganzen Krieges auf der Brücke und bewachte sie. Vor allem fürchtete er, Fallschirmjäger könnten auftauchen und die Brücke anzünden oder sprengen, doch war er sich auch noch einer anderen Gefahr bewusst, und so spähte er häufig besorgt zum Himmel, ob vielleicht Bomber der Roten Armee die kleine Holzbrücke angreifen wollten. Er forderte sogar ein Luftabwehrgeschütz zur Verteidigung der Brücke, doch das wurde ihm nicht bewilligt. Die ständige Sorge um die eventuelle Gefahr aus der Luft ließ Jäminkis Gesicht während jener Kriegsjahre faltig, ja regelrecht hart werden.

Nach dem Krieg flutete ein wachsender Verkehr über die Brücke, und unter ihr strömte der Fluss und transportierte ungeheure Mengen schwarzen Wassers zum Meer. Im Laufe der Jahre ließ dieses Wasser die Holzkonstruktion der Brücke faulen und so morsch werden, dass nur noch mittelschwere Lastwagen gefahrlos passieren konnten. Kommen wir schließlich zur Gegenwart und zu jenem Frühlingstag, an dem ein hoch gewachsener Mann die Brücke betrat.

Es war der Brückenbauingenieur Akseli Jaatinen.

Ingenieur Jaatinen, sechsunddreißig, lehnte sich an das alte Geländer und blickte in das schwarze Wasser. Es war ein Morgen gegen Ende März, und aus dem Fluss stieg rätselhafter Nebel zur Brücke auf, sodass der Mann fast darin verschwand. Doch da es bereits hell war, konnte man sein Äußeres erkennen. So sah er aus:

Dickes Haar, eine große Nase, in den Augen ein stechender Blick. Die nackten, riesigen Pranken ruhten auf dem Geländer, die Knöchel waren dick und die Gelenke breit, an seinen Hosenbeinen war zu erkennen, dass auch die Knie recht massiv waren. Ein zielstrebig, vielleicht auch ein wenig einschüchternd wirkender Mann, denn seine Augen, die jetzt ins Wasser starrten, lagen tief in ihren Höhlen. Es wäre dem Betrachter nicht eingefallen, das Gesicht dieses großen Mannes schön zu nennen, doch sah Ingenieur Jaatinen auch nicht unangenehm aus. Kein Mann wie jeder andere, das merkte man.

Auf der Busstation des Kirchdorfes hatte Jaatinen seinen Koffer in der Gepäckaufbewahrung abgegeben, hatte Kainulainen, dem Baumeister der Gemeinde, der ihn empfing, die

Hand gegeben, und die Einheimischen, die die Busstation bevölkerten, hatten neugierig geschaut, wer da in ihrem Dorf aufgetaucht war: ein Ingenieur, der nicht mit dem eigenen Auto kam, sondern mit dem Linienbus wie ein mittelloser Fotovergrößerer. Aufgefallen war besonders Jaatinens Kleidung, die nicht im Entferntesten einem Studierten entsprach: Der Mann trug seine grüne Windjacke offen, darunter war ein kariertes Flanellhemd zu erkennen. Keine Krawatte, kein Jackett ..., und seine Füße steckten in langschäftigen Gummistiefeln, die ungebügelte Hose war vom gleichen Stil.

»Diesen Mann würde man nicht für einen Ingenieur halten«, sagte die Inhaberin der Cafeteria, während sie Jaatinen hinterherschaute, der zur eingangs erwähnten Brücke strebte.

Grundlos war dieser in gewisser Weise eigenartige Mann nicht zur Brücke gekommen. Nachdem er eine Weile dort gestanden hatte, löste er sich vom Geländer, überquerte die Brücke von einem Ende zum anderen, sprang auf die Böschung hinunter und inspizierte die Unterkonstruktion; dabei stieß er einen Stein, der vor seinem Stiefel aufgetaucht war, ins Wasser, warum, das kann man nicht wissen. Dann zündete er sich eine Zigarette an, eine grüne North, und setzte sich auf die Balken des Widerlagers, um zu rauchen. Doch lange blieb er nicht in der Morgenkühle unter der nebligen Brücke sitzen. Er stand auf, spuckte die Zigarettenkippe aus, trat sie mit dem Stiefel in den Sand und ging wieder nach oben.

Ab neun Uhr trafen nach und nach andere Männer bei der Brücke ein, es waren gewöhnliche finnische Arbeiter in Arbeitskleidung. Jaatinen redete mit ihnen, fragte einen jeden, wo er vorher beschäftigt gewesen war, ein ganz normales Gespräch unter Männern.

Bis zehn Uhr hatten sich bei der Brücke schon mehr als zwanzig Männer versammelt. Aus dem Kirchdorf Kuusmäki kam noch vor dem Mittag ein schwerer Tieflader, auf seiner Ladefläche standen ein Bagger und eine Baubaracke. Bald erschien noch ein zweites Fahrzeug und brachte eine kleinere Baubude und weitere Arbeitsgeräte. Jaatinen zeigte den Fahrern die Plätze, die er ausgesucht hatte, sie entluden die Lasten und fuhren wieder davon. Die Zimmerleute stellten die Baracke und die Baubude auf Balken und richteten sie mithilfe einer Wasserwaage aus, sodass die Einrichtungsgegenstände hineingetragen werden konnten. Jaatinen ging zu der kleinen Bude, eine Rechen- und eine Schreibmaschine und ein Drehstuhl wurden ihm gebracht. Die übrige Einrichtung war eingebaut: an einer Seite ein Urkundenschrank, an der anderen das Bett, in einer Ecke ein Ölofen und eine Gasflasche. Über dem Bett hatte ein früherer Baustellenleiter Zeitungsfotos mit nackten Frauen angepinnt. Jaatinen riss die Fotos herunter, zerknüllte sie und warf sie in den Papierkorb; er sagte:

»Frauen haben sich hier nicht zu rekeln.«

Als er sein Büro eingerichtet hatte, rief er die Männer am Ufer zusammen und hielt eine kurze Ansprache:

»Ich bin Brückenbauingenieur Akseli Jaatinen und trage die Verantwortung für diese Baustelle. Wir errichten neben der alten Brücke eine neue, größere aus Beton, und wie euch bekannt ist, dauern die Arbeiten bis zum Herbst. Dann werdet ihr ausbezahlt, sodass sich jeder von euch darauf einstellen kann. Es soll nach Stunden abgerechnet werden, aber ich werde versuchen, jedes Mal wenn es sich ergibt, Akkord anzusetzen. Wählt aus euren Reihen einen Vertrauensmann, damit ihr euer Anliegen vorbringen könnt, falls es zu Differenzen kommt. Die Baustelle untersteht dem Straßenbauamt, das hier von mir vertreten wird. Heute ist der erste Arbeitstag, aber wir legen nicht gleich los, machen uns erst ein wenig mit den Örtlichkeiten vertraut. Morgen um acht fangen wir an, das Erdreich von der Böschung abzutragen, wir überprüfen die Markierungen, und einige von euch beginnen mit der Zufahrtstraße zur neuen Brücke. Ich kann hundsgemein werden, wenn man mir dazu Anlass gibt, aber auf den früheren Baustellen hat es nie einen Anlass gegeben. Ich habe mehr als dreißig Brücken und dazu einige Meilen Landstraße gemacht, Baustellen hatte ich also zur Genüge. Glaubt mir im Guten, wenn ich euch etwas sage, oder ich haue euch in die Schnauze.«

Die Männer lachten.

»Scheint ein ehrlicher Kerl zu sein«, sagten sie hinter seinem Rücken über Jaatinen.

Jemand entzündete am Flussufer ein Lagerfeuer. Die Männer ließen sich dort nieder, sie kochten Kaffee, rösteten Wurst und verzehrten ihren Proviant. Am Nachmittag kam Kainulainen, der Baumeister der Gemeinde, zur Baustelle. Er sah, wie die Männer am Feuer herumlagen, einige hielten ihre nackten Füße in den Fluss. Kainulainen ging zu Jaatinen in die Baubude, brachte ihm einige Papiere, unterhielt sich kurz mit ihm und fuhr dann mit seinem Auto ins Kirchdorf zurück.

Auf dem Gemeindeamt berichtete er, was er am Fluss gesehen hatte:

»Sie lagen nur herum. Dass die neue Brücke bis zum Herbst fertig wird, können wir wohl vergessen. Der Ingenieur scheint ein komischer Kerl zu sein, verbrüdert sich gleich am ersten Tag mit den Arbeitern.«

Die Mitarbeiter im Gemeindeamt wirkten besorgt. Jemand sagte, es sei Pech für die Gemeinde, dass ein solcher Mann mit dem Brückenbau beauftragt worden sei, nachdem man jahrzehntelang gewartet habe.
»Heutzutage gibt es die unmöglichsten Typen«, konstatierte man.

2

Am nächsten Tag ging es gleich morgens an die Arbeit. Die Männer trugen mit Spaten die Erdschicht von den Uferböschungen ab, der kleine Bagger kam ihnen zu Hilfe, die Markierungen wurden überprüft. Zwei Lastwagen fuhren das abgetragene Erdreich ab. Gegen Mittag wurde zum ersten Mal Felsgrund für die neue Straße weggesprengt.
Jaatinen genoss den Frühling und die Tatsache, dass die neue Arbeit in Gang kam. Die Männer auf der Baustelle gingen ebenfalls frisch zu Werke. Sie hatten einen gewissen Manssila, einen Zimmermann, zu ihrem Hauptvertrauensmann gewählt; er war Kommunist, Mitglied des Gemeinderates, um die Fünfzig. Er berichtete Jaatinen, dass der Winter hart gewesen sei, Arbeitslosigkeit habe die Männer im Dorf heimgesucht. Der Bau der neuen Brücke sei von ihnen sehnsüchtig erwartet worden, und so seien sie jetzt froh, dass es endlich losgehe und ihre Existenz wieder besser gesichert sei.
»Die Kommune hat im Winter keine einzige eigene Arbeitsmaßnahme durchgeführt«, erklärte Manssila. Baumeister Kai-

nulainen und Gemeindevorsteher Jäminki hätten um Weihnachten zu den Arbeitslosen gesagt, die Gemeinde habe keine eigenen Mittel, um für Beschäftigung zu sorgen.

»Wir sind dann mit einer Abordnung nach Helsinki gefahren und haben schließlich diesen Brückenbau mit Geldern des Staates durchsetzen können. Aber viele Männer sind während des ganzen Winters arbeitslos gewesen.«

Es ging rasch voran, denn Jaatinen berechnete den Männern vieles nach Akkord, waren sie doch so lange Zeit arbeitslos gewesen. Alle waren eifrig bei der Sache, und eine Woche nach Beginn der Arbeiten konnten die Zimmerleute bereits die ersten kleineren Verschalungen machen. Baumeister Kainulainen erschien hin und wieder, um den Fortgang der Arbeiten zu beobachten, obwohl ihm diese Art der Einmischung in keiner Weise zustand. Es war zu sehen, dass ihn die aufgeräumte, fröhliche Stimmung auf der Baustelle ein wenig ärgerte, hatte er doch gleich am ersten Tag darüber geschimpft, dass der neue Ingenieur die Männer müßig am Ufer herumliegen ließ. Das flotte Arbeitstempo entzog jetzt diesen Aussagen den Boden. Kainulainen betrachtete Jaatinen mit Widerwillen und erzählte im Dorf, dass die Leute am Fluss von einem Extrem ins andere gefallen seien: erst werde herumgelegen, dann werde geschufftet.

»Als ich gestern Abend hinkam, saß der Jaatinen mit Manssila im Baubüro. Beide hatten eine Schnapsfahne. Sie haben uns aus dem Bezirksbüro einen versoffenen Bauleiter geschickt und extra einen Ingenieur, bloß wegen der einen Brücke, dabei gäbe es genug Baumeister. Er verbrüdert sich außerdem zu sehr mit den Arbeitern, das führt zu nichts Gutem.«

Jaatinen entging nicht, wie eifrig Kainulainen die Arbeit beobachtete. Einmal sagte er denn auch gutmütig zum Baumeister:

»Der Brückenbau scheint dich ja mächtig zu interessieren.«

Mit dieser Äußerung wollte er dezent zu verstehen geben, dass Kainulainens ständige Besuche auf der Baustelle nicht unbedingt nur willkommen waren. Kainulainens Interesse für den Fortgang der Arbeiten ging so weit, dass er zwischen den Männern herumlief, ihnen oft im Weg war und immer wieder seine Ratschläge anzubringen versuchte. Die waren zudem oft inkompetent, und das merkten die Männer, denn Jaatinen kam für gewöhnlich hinzu und gab seine eigenen Instruktionen.

»Jede Baustelle hat ihre besonderen Plagen«, sagte Zimmermann Manssila zu Jaatinen am Ufer.

»Wenn er nur nicht in den Fluss fällt«, erwiderte Jaatinen, während er Kainulainen beobachtete, der auf dem schwankenden Baugerüst herumlief.

»Ich würde es ihm gönnen«, murmelte Manssila.

Da ertönte ein Schrei und ein lautes Platschen, und als Jaatinen und Manssila noch einmal hinsahen, war Baumeister Kainulainen von der Bildfläche verschwunden. Er war tatsächlich in den Fluss gefallen. Die Arbeiten wurden unterbrochen, alle Männer rannten ans Ufer, um mit anzusehen, wie die Strömung den Baumeister erfasste. Er versuchte in seiner dicken Kleidung zu schwimmen, doch das frühjahrskalte Wasser ließ ihn so steif werden, dass er nicht gleich das Ufer erreichte, sondern hinter dem Balkenkasten der alten Brücke verschwand. Die Bauleute liefen am Ufer hinterher. Besonders große Eile legten sie dabei nicht an den Tag, wie Jaatinen bemerkte. Daraus ließ sich schließen, dass sich die

einheimischen Arbeiter nicht viel aus Baumeister Kainulainen machten.
»Los, ziehen wir ihn an Land«, sagte Manssila schließlich und warf Kainulainen ein Seil zu. Der Baumeister griff danach und gelangte bald ans Ufer. Seine schweren Kleidungsstücke troffen, seine Zähne klapperten vor Kälte und seine Hand presste sich um die schwarze Aktentasche; er hatte sie also während der ganzen Zeit bei sich gehabt und war dadurch beim Schwimmen behindert worden.
Kainulainen schüttelte notdürftig das Wasser aus seinen Kleidern. Dann stieg er auf die Böschung, öffnete seine Aktentasche und goss das Wasser aus. Ein dickes Bündel nasser Papiere fiel ins Gras, außerdem nasse rote Socken und eine Krawatte. Kainulainen wrang seine Socken aus und breitete die Papiere auf dem Rasen aus, sie wurden vom Wind auseinander geweht, und die Männer mussten hinterherlaufen und sie einsammeln. Erde klebte an den Papieren, und sie wirkten kein bisschen trockener als vorher. Sämtliche Arbeiter der Baustelle hatten sich in einem großen Kreis um Kainulainen geschart und sahen ihm zu. Schließlich merkte er, dass seine Lage einigermaßen lächerlich war, er raffte seine Papiere zusammen, stopfte sie in die Aktentasche zu den Socken und klappte den Deckel so wütend zu, dass er sich einen Finger einklemmte, er fluchte und schlug die Tasche erneut zu.
»Ihr habt das Gerüst mit Absicht so gemacht, dass ich in den Fluss fallen musste«, blaffte er die umstehenden Männer an. Jaatinen bedachte er mit einem besonders wütenden Blick.
»Es war keine Absicht. Aber so ein Malheur passiert oft auf Baustellen, wenn sich dort Außenstehende aufhalten«, sagte Jaatinen.

»Außenstehende« – dieses Wort ärgerte Kainulainen maßlos. Er stapfte in seinen nassen Sachen und mit der nassen Tasche unter dem Arm zu seinem Auto, stieg ein, knallte die Tür zu und fuhr ab. Seit dem Tag ließ er sich nicht mehr auf der Baustelle blicken.

Auf dem Gemeindeamt ging Kainulainen von Zimmer zu Zimmer und erzählte allen, wie man ihn auf der Baustelle behandelt hatte. Man hatte ihn eindeutig mit Absicht in den Fluss gestoßen, hatte allerlei Anspielungen gemacht, ihn im Grunde genommen von dort vertreiben wollen. Und warum? Kainulainen war sich sicher, dass Jaatinen und seine Männer ihn deshalb nicht auf der Baustelle haben wollten, damit die Unfähigkeit des Ingenieurs und der Pfusch der Arbeiter nicht entdeckt werden würden, sondern für alle Ewigkeit im stummen Beton verborgen blieben. Die Korridore auf dem Gemeindeamt wurden nass von Kainulainens tropfender Kleidung, aber der Baumeister bemerkte es nicht, so erregt war er. Die Putzfrau lief mit dem Wischlappen hinter ihm her, um seine Spuren zu trocknen. Die Mädchen im Büro kicherten, wie es Mädchen in solchen Situationen zu tun pflegen.

Umso ernster waren Gemeindevorsteher Jäminki und Baumeister Kainulainen, als sie im Zimmer des Letzteren zusammensaßen und sich über den Ingenieur unterhielten. Am Ende ihrer Beratung beschlossen sie, das Bezirksbüro des Straßenbauamtes über den Vorfall zu informieren. Jäminki übernahm das Reden:

»Am ersten Tag haben sie auf der Baustelle nur rumgelegen und Würste am Feuer gegrillt, und jetzt arbeiten sie dort so schnell, dass wir fürchten, sie liefern Pfusch. Wir fragen uns, ob der Ingenieur überhaupt genug Eisen in den Beton tut oder ob er es womöglich auf eigene Rechnung weiterverkauft ... Und den Bauinspektor unserer Gemeinde haben sie ins Wasser geschmissen. Das ist der jüngste Vorfall, ist eben erst passiert.«

Im Bezirksbüro wies man die Beschwerden zurück, man erklärte, Jaatinen sei in jeder Weise rechtschaffen, die Gemeinde habe keinerlei Grund zu Befürchtungen. Die Brücken, die Jaatinen gebaut habe, seien für finnische Verhältnisse wahrhaft vorbildlich, und auch international gesehen ...

»Und sie riechen dort nach Schnaps. Außerdem macht sich dieser Ingenieur mit den Arbeitern gemein, einmal saß ein hiesiger Kommunist, den Namen lasse ich unerwähnt, dieser Kommunist also, der auf der Baustelle der Hauptvertrauensmann ist, saß mit dem Ingenieur einträchtig in der Baubude zusammen, und beide hatten eine Schnapsfahne. Sollte sich das Straßenbauamt nicht langsam für diese Zustände interessieren?«

Die Antwort aus dem Straßenbauamt lautete:

»Hören Sie mal, Jäminki, die Baustelle untersteht uns, und somit tragen wir die volle Verantwortung. Wir sind auch verantwortlich für die Moral und lassen uns selbst von den Leuten anhauchen, falls es dazu Anlass gibt. Mischen Sie sich nicht in Dinge ein, die nicht in Ihre Zuständigkeit fallen.«

Nach dem ergebnislosen Telefonat murmelten die beiden Kommunalbeamten:

»Überall wird man für dumm verkauft.«

»Die haben uns einen Teufel hergeschickt.«

3

In Jaatinens Baubude gab es keinerlei Komfort. Er versuchte, sich im Kirchdorf Kuusmäki eine bessere Wohnung zu besorgen, doch niemand wollte ihm ein Zimmer vermieten. Es schien, als hätte Jäminki die Einwohner davor gewarnt, den Ingenieur aufzunehmen. Jedenfalls herrschte in Kuusmäki plötzlich so große Wohnungsnot, dass er in seiner schmutzigen und engen Baubude hausen musste.

Da es dort keine Waschmöglichkeit gab, gewöhnte er sich an, morgens und abends im Fluss zu baden. Er watete nackt und nur mit einem Stück Seife bewaffnet in das dunkle Wasser, seifte sich von oben bis unten ein und planschte herum wie ein Flusspferd. Oft blieben auf der Brücke Passanten stehen, um zuzusehen, wie sich der große Mann im Fluss säuberte. In solchen Augenblicken stieß Jaatinen für gewöhnlich ein dumpfes Gebrüll aus, um so seinem Waschauftritt einen zusätzlichen dramatischen Effekt zu verleihen.

Eines Nachmittags hielt auf der Brücke ein schwarzes Personenauto, und ihm entstieg ein kleiner, untersetzter Mann. Es war der Pfarrer der Gemeinde Kuusmäki, Propst Roivas. Der betagte Propst beobachtete eine Weile den im Fluss herumbrüllenden Jaatinen und rief ihm dann zu:

»Ich bin Propst Roivas, guten Tag, Ingenieur Jaatinen!«

»Tag, Tag, Propst!«

Propst Roivas erklärte nunmehr in freundlichem, wenn auch strengem Ton, dass viele Mitglieder der Kirchgemeinde ungehalten seien über die Art und Weise, wie sich der Ingenieur sauber halte; sie fänden es unpassend, dass er sich nackt an einem öffentlichen Ort wasche, noch dazu zweimal täglich, im Hellen. Er müsse sich wenigstens eine Badehose anziehen, so Roivas.

»Ich denke hierbei besonders an die weiblichen Mitglieder meiner Gemeinde, und vor allem an die Jugend.«

Jaatinen erwiderte, er leiste schmutzige Arbeit auf einer Baustelle, es bringe ihm nichts, in der Badehose ins Wasser zu steigen, sondern nach dem schweren Arbeitstag verlange der ganze Körper nach sorgfältiger Reinigung.

»Die Kirchgemeinde Kuusmäki steht keineswegs auf dem Standpunkt, dass der Mensch nicht überall sauber sein sollte, sowohl geistig als auch körperlich, doch nichtsdestotrotz fordere ich Sie auf, sich zu bekleiden, wenn Sie in den Fluss gehen, oder vielleicht könnten Sie wenigstens so ein ..., wie nennt man das gleich, also ein Handtuch für unten benutzen.«

»Frauen sind hier noch nicht aufgetaucht«, sagte Jaatinen.

»Bisher vielleicht nicht, ich weiß nicht ..., aber dies ist eine öffentliche Brücke, und sie wird auch von Frauen benutzt. Es ist ungehörig, dass Sie sich nackt in einem öffentlichen Fluss waschen und dadurch womöglich ehrenhaften Frauen die Möglichkeit nehmen, diesen Verkehrsweg zu benutzen ..., ich glaube sogar, dass sich schon jetzt viele Frauen geweigert haben, diesen Weg zu nehmen, denn im Dorf ist bekannt, dass Sie sich hier in sittlich fragwürdiger Form zeigen. Wir leben zwar in wilden Zeiten, aber ich möchte vermeiden, dass der allgemeine Sittenverfall hier in meiner eigenen Gemeinde noch begünstigt wird.«

»Muss man das Ganze denn nun wirklich so ernst nehmen?«, meldete Jaatinen im Fluss seine Zweifel an.

»Vielleicht erscheint Ihnen Ihr Handeln nicht so unerhört, wie es in Wirklichkeit ist. Ich kenne mehrere weibliche Mitglieder meiner Gemeinde, für die Ihr Anblick in diesem Aufzug eine große Erschütterung wäre. Sie sind anscheinend unter rauen Männern auf ihrer Baustelle gewöhnt an derlei Unsittlichkeiten, wie ich es mal nennen möchte, und Sie verstehen womöglich nicht den vollen Ernst der Angelegenheit. Ich muss in diesen Dingen streng sein und kann öffentliche Unsittlichkeit nicht dulden.«

Propst Roivas überlegte kurz, ehe er fortfuhr:

»Gott hat uns alle nach seinem Ebenbild geschaffen, aber das bedeutet nicht, dass dieses Bild öffentlich vor allen Leuten gezeigt werden muss.«

Jaatinen kletterte ans Ufer. Er betrachtete dieses Bild, trocknete es ab und verhüllte es dann mit Hemd und Hose. Als das grobschlächtige Gottesbild verhüllt war, rief Jaatinen dem Propst zu:

»Hören Sie mal, Roivas. Sie verstoßen während der ganzen Zeit gegen die Straßenverkehrsordnung. PKWs dürfen auf der Brücke nicht parken, Sie gefährden damit den Verkehr. Fahren Sie sofort weg, oder ich erstatte Anzeige gegen Sie. Was die Angelegenheiten der Kirchgemeinde angeht, so möchte ich Ihnen mitteilen, dass ich weder Ihrer noch einer anderen Kirchgemeinde angehöre, sondern im Zivilregister geführt werde. Wenn Sie also sittliche Wünsche an mich haben, dann wenden Sie sich an die weltlichen Behörden.«

Jaatinen hatte gar nicht so boshaft werden wollen, aber irgendwie fielen ihm diese beleidigenden Worte einfach aus dem Mund.

Der alte Kirchenmann war tief gekränkt. Er stieg in sein Auto und murmelte vor sich hin: »Es ist ungeheuerlich ..., Gott wird ihn strafen.«

Propst Roivas sagte sich, dass die Welt tatsächlich jede Moral verloren habe. Noch vor dreißig Jahren wäre es ausgeschlossen gewesen, dass sich jemand derartig aufführte. In den dreißiger Jahren hätte man solche Männer ohne viel Federlesens aus dem Verkehr gezogen, damals herrschte noch Ordnung im Land. Der Propst musste an seine Jugend denken, und eine gewisse Begebenheit aus den zwanziger Jahren fiel ihm ein. Als Abiturient war er in Helsinki aufgrund einer Wette nackt die Esplanade bis zum Restaurant *Kappeli* hinuntergerannt ..., damals war allerdings Nacht gewesen ..., und außerdem hatte er jenen weit zurückliegenden Vorfall mit dem himmlischen Vater durch Beten bereinigt. Beides ließ sich überhaupt nicht miteinander vergleichen; dieser Ingenieur war kein Kind mehr, sondern ein erwachsener Mann, wie man sehr wohl sehen konnte. Schauderhaft.

4

Die Arbeiten kamen in jenem Frühjahr gut voran. Jaatinen stellte fest, dass die Männer aus Kuusmäki ehrlich und fleißig waren. Sie wirkten nach außen hin still und unauffällig, konnten aber tüchtig zupacken. Da die Baustelle klein war, hatte man keine Kantine errichtet. Die Männer bereiteten sich in der Mittagspause selbst ihr Essen am Feuer und verzehrten es im Schein der Flammen; Jaatinen gesellte sich zu ihnen, und in diesen Ruhepausen lernte er seine Leute noch besser kennen.

Manssila, Gemeindevertreter und Vertrauensmann, erwies sich als der Korrekteste von allen. Er war ein sehniger Mann, auf seinem gefurchten Gesicht zeigte sich nur selten ein Lächeln, auch war er nicht sehr gesprächig. Doch er war es, der Jaatinen von der Vergangenheit der Brücke und von Vornanens Schicksal erzählte. Dabei stellte sich heraus, dass auch Manssilas Vater in jenem Kampf während des Bürgerkrieges verwundet worden war.

»Wir Kommunisten dieses Dorfes, und gewiss auch die anderen Linken, wir haben seit jenen Zeiten ziemlich viel auszustehen. Du kannst dir nicht vorstellen, Jaatinen, was für nachtragende Leute hier in Kuusmäki wohnen. Auch du solltest dich vor diesen Bauern in Acht nehmen.«

Ein anderer interessanter Mann war Pyörähtälä, jung und unverheiratet, ein langer und magerer Bursche, immer fröhlich, immer mit einem Lächeln auf den Lippen. Jaatinen befreundete sich von Anfang an mit ihm. Pyörähtälä war der intelligenteste Mann der Baustelle, vielleicht nicht allzu fleißig und auch nicht besonders sorgfältig, aber wann sind solche Männer je Arbeitstiere gewesen.

Die Baustelle lebte, sie war in Fahrt wie ein Zug. Fröhlich und munter ging es weiter bis zu einem Dienstag Mitte Juni; an dem es plötzlich einen jähen Umschwung in der Stimmung gab.

Schon morgens bemerkte Jaatinen, dass Pyörähtälä nicht mit den anderen zur Arbeit kam. Die Männer unterhielten sich leise über ihn, Jaatinen verstand nicht, was sie sagten. Allmählich kam die Arbeit jedoch in Gang.

Es vergingen ein paar Stunden, und Pyörähtälä ließ sich immer noch nicht blicken. Jaatinen erkundigte sich bei Manssila, ob er etwas über den Verbleib des Mannes wisse und ob der vielleicht erkrankt sei.

»Krank ist er nicht ..., er hat etwas zu erledigen.«

Nach der Mittagspause tauchte Pyörähtälä endlich auf. Sein Erscheinen erregte Aufmerksamkeit, die Männer versammelten sich neugierig um ihn. Pyörähtälä erzählte ihnen gestikulierend und aufgeregt etwas, die Männer machten lange Gesichter. Schließlich gingen sie auseinander, alle verrichteten lustlos ihre Arbeit, der fröhliche Eifer war wie weggeblasen. Jaatinen beobachtete die Entwicklung verwundert und besorgt durch das schmutzige Fenster seiner Baubude. Schließlich beschloss er, Pyörähtälä wenigstens danach zu fragen, warum er am Vormittag blaugemacht hatte.

»Ich hatte im Kirchdorf etwas zu erledigen. Du kannst mir die Stunden abziehen, ich hätte mich deshalb noch selbst bei dir gemeldet.«

Kurz darauf kam Vertrauensmann Manssila zu Jaatinen.

»Wir machen eine Belegschaftsversammlung, sie dauert eine Stunde.«

Die Männer schalteten die Maschinen aus. Sie verließen das Flussufer und zogen sich an den Waldrand zurück, dort setzten sie sich im Kreis zusammen. Jaatinen beobachtete die Versammlung jetzt zunehmend besorgt. Was war nur los? Hatte er die Männer auf irgendeine Weise beleidigt? Auf seinen Baustellen hatte es nie Streiks gegeben, die aus internen Differenzen entstanden wären. Sollte es jetzt das erste Mal sein?

Eine böse Geschichte.

Die Männer diskutierten, Jaatinen sah, dass es um etwas Ernstes ging, ihre Gesten ließen darauf schließen. Am liebsten wäre er hingegangen und hätte gefragt, was sie bedrückte, doch es war nicht gut, sich in eine Belegschaftsversammlung einzumischen. Er musste tatenlos abwarten, was da kommen würde.

Schließlich endete die Versammlung. Manssila trat allein zu Jaatinen in die Baubude. Er setzte sich. Als Jaatinen fragte, worum es auf der Belegschaftsversammlung gegangen war, sagte Manssila:

»Wir haben beschlossen zu kündigen. Alle miteinander.«

Zu kündigen! Jaatinen war fassungslos. Er fragte, warum sich die Männer nicht vorher mit ihm beraten hätten, ehe sie einen solchen wahnsinnigen Beschluss fassten. Hatten sie nicht genug unter der Arbeitslosigkeit gelitten? War nicht bisher alles in jeder Hinsicht gut gelaufen?

»Um dich geht es gar nicht. Ich werde mal erzählen.«

Manssila erläuterte die Situation. Im Winter hatten die Arbeitslosen einen gemeinsamen Wechsel von der örtlichen Bank nehmen müssen. Der Wechsel war nur um weniges abgetragen worden, er war indossiert worden, indem man die Zinsen bezahlte. Nun wollte die Bank jedoch nicht länger indossieren, und der nächste Lohntag war erst in einer Woche. Die Ratenzahlung wiederum wäre übermorgen fällig. Die ganze Summe sollte auf einmal bezahlt werden. Manssila wusste, dass das Straßenbauamt nicht sämtlichen Beschäftigten der Baustelle bei laufender Arbeit Vorschuss geben würde. Als einzige Möglichkeit blieb also, dass jeder mit sofortiger Wirkung kündigte und sich auszahlen ließ und sie dann gemeinsam versuchten, mit dem Geld den Wechsel zu begleichen. Und dann, wenn das Straßenbauamt einverstanden wäre, würden sie wieder alle neu auf der Baustelle anfangen.

»Wie hoch ist denn euer Wechsel?«

»Fast siebentausend Mark sind es noch.«

Jaatinen rief umgehend im Bezirksbüro an. Er berichtete von der entstandenen Situation und bat darum, dass man die benötigte Geldsumme per Eilüberweisung an ihn schicke.

»Wenn das Geld nicht kommt, muss diese Baustelle dichtgemacht werden, und das bringt erst recht Verluste!«
Die schwere Lokomotive der Bürokratie wollte diese Regelung durchaus nicht akzeptieren. Jaatinen brüllte ins Telefon, er kämpfte beharrlich um seine Sache. Schließlich, nachdem er auf mehreren Leitungsebenen verhandelt hatte, erreichte er einen Punktsieg. Er konnte der örtlichen Bank mitteilen, dass der Wechsel der Männer, die beim Brückenbau beschäftigt waren, rechtzeitig bezahlt würde. Es stellte sich heraus, dass Jäminki, der im Vorstand der Bank saß, dem Bankdirektor vorgeschlagen hatte, den Wechsel nicht zu erneuern. Wegen der angespannten Geldsituation!
Als Jaatinen die Angelegenheit geregelt hatte, ging er zu den Männern hinaus. Sie saßen mit finsterer Miene am Ufer, aber ihre Gesichter hellten sich auf, als Jaatinen ihnen das Ergebnis seiner telefonischen Verhandlungen verkündete:
»Jeder von euch bekommt Vorschuss.«
Manssila sagte:
»Wir wären nicht mal auf die Idee gekommen, dass es auch diesen Weg gibt. Du bist ein anständiger Kerl, Jaatinen.«
Die Arbeiten wurden mit dem bisherigen Eifer wieder aufgenommen. Die schwarze Wolke des fälligen Wechsels über den Köpfen der Männer war verflogen. Munterer Gesang schallte über die Baustelle.

5

Vertrauensmann Manssila erhielt kurz vor Mittsommer eine sonderbare Einladung. Jäminki und Kainulainen luden ihn zu einem Gespräch über »Verschiedenes« ins Gemeindeamt. Als er dort ankam, führte man ihn ins Sitzungszimmer des Gemeinderates, wo für drei Personen zum Kaffee eingedeckt war. Jäminki und Kainulainen warteten bereits auf ihren Gast, der misstrauisch hereinstiefelte.

Jäminki und Kainulainen erhoben sich höflich. Manssila bekam einen Stuhl angeboten. Jäminki klopfte ihm freundlich auf die Schulter und sagte geschmeidig lächelnd:

»Na, Manssila, nimm dir ein Stück Kuchen, und du, Kainulainen, schenk dem Zimmermann Kaffee ein.«

»Dieser Manssila ist der Streikgeneral der Gemeinde Kuusmäki«, erklärte Kainulainen, und Jäminki nickte zufrieden. »Gewiss, darüber weiß ich wohl Bescheid.«

Manssila biss von seinem Kuchen ab und trank einen Schluck Kaffee hinterher. Im Stillen wunderte er sich über die Begrüßung, woher rührte diese plötzliche Freundschaft?

Jäminki leitete das Gespräch ein:

»Wir haben gehört, dass am Fluss hart gearbeitet wird ..., man könnte direkt sagen, in einem mörderischen Tempo, nicht wahr, Manssila?«

»Ja, dort geht es rund.«

»Wie wir uns dachten«, äußerte Kainulainen erfreut. »Für diesen harten Takt ist wohl Ingenieur Jaatinen verantwortlich?«

»Ja, der Jaatinen schmeißt da den Laden«, bestätigte Manssila.

»Ist ein derartiges Arbeitstempo nicht irgendwie übertrieben, in der heutigen Zeit ..., wozu soll es gut sein, dass ein Auswärtiger hier in unser Dorf kommt und die Leute Sklavenarbeit machen lässt. Könntet ihr diesem Treiben nicht ein Ende setzen?«

Im weiteren Gespräch wurde deutlich, dass Jäminki und Kainulainen es gern sähen, wenn Jaatinens Position ins Wanken geriete. »Die Männer müssten Jaatinens Ablösung als Bauleiter fordern, dadurch würden sich die Brückenarbeiten normalisieren, und auch die Atmosphäre im Dorf allgemein würde sich bessern.« Kainulainen sprach es schließlich offen und deutlich aus:

»Manssila, warum kannst du als alter Streikmatador nicht die Arbeit am Fluss zum Stillstand bringen? Dann wären wir den Jaatinen ein für alle Mal los ..., wenn ihr nämlich streiken würdet, wäre das Bezirksbüro des Straßenbauamtes gezwungen, einen anderen Mann zu schicken. Lange könnten die Arbeiten nicht unterbrochen werden, gerade jetzt, da es mit dem Guss losgeht, das würde für den Staat zu teuer. Was sagst du dazu?«

»Die Gemeinde würde sich zu einem solchen Streik sehr wohlwollend verhalten«, versprach Jäminki.

Mit dem Stück Kuchen in der Hand starrte Zimmermann Manssila die beiden an, seine Hand ballte sich zur Faust und der Kuchen krümelte auf den Tisch. Manssila stand so abrupt auf, dass er dabei seinen Stuhl umriss. Jäminki und Kainulainen erschraken: Was war denn in den Mann gefahren?

»Was soll das heißen, verflucht? Ihr seid vielleicht krumme Hunde. Der Jaatinen lässt uns im Akkord arbeiten, bei dem wird keiner gegen seinen Willen versklavt, und wie kommt ihr dazu, einen Streik anzuzetteln? Streik ist eine Waffe der

Arbeiterschaft, dass ihr's wisst, und kein Zeitvertreib für Großbauern und Bürokraten! Ihr seid richtige Lumpen, wollt eine Baustelle in der eigenen Gemeinde schließen, aus bloßer Missgunst! Der Jaatinen ist sehr anständig zu uns Arbeitern, gegen den streikt keiner von uns, das steht felsenfest. Und du, Jäminki, wolltest uns Brückenarbeiter auf die Protestliste setzen, verflucht noch mal, denkst du, wir wissen das nicht? So ein unverschämter Kerl wie du ist mir noch nie begegnet, dir muss man mal die Fresse polieren, damit du kapierst, was ein Streik ist.«

Der Vertrauensmann machte seine Drohung wahr und versetzte Jäminki einen Schlag. Nicht mit sehr harter Hand, nur mit der halben Faust, aber dennoch so gut spürbar, dass der stämmige Bauer vom Stuhl fiel. Kainulainen rannte aus dem Zimmer, um derselben Behandlung zu entgehen. Aus dem Büro rief er Kommissar Kavonkulma an, der sofort zum Gemeindeamt kam. Auf dem Hof verhaftete er Manssila und steckte ihn in die Zelle. Erst abends kam Manssila wieder frei.

Während Manssila finster in der Zelle saß, versammelten sich im Knabenarbeitsraum der Kirchgemeinde vier Männer zur Beratung. Anwesend waren Jäminki, Kainulainen, Kommissar Kavomkulma und Propst Roivas. Jäminkis Nase war geschwollen, besorgt betrachtete er sein Gesicht im Taschenspiegel.

Roivas sprach sanft auf ihn ein:

»Sie ist ziemlich angeschwollen, aber das wird schon wieder, ich glaube nicht, dass sie so bleibt. Ich habe euch ja gewarnt, mit solchen Ungeheuern kann man nicht sachlich verhandeln.«

Mit gedämpften Stimmen berieten sich die Männer gut zwei Stunden lang. Sie gingen erst auseinander, als der Kommissar

aufbrechen musste, um Manssila aus der Zelle zu entlassen. Jäminki gab ihm mit auf den Weg:
»Ich an deiner Stelle würde mir den Mann mal vorknöpfen. Du solltest ihm einen Denkzettel verpassen, so wie in guten alten Zeiten.«
Manssila wurde ein paar Wochen später wegen leichter Körperverletzung zu einem Bußgeld verurteilt. Es gab auch noch andere Anschuldigungen gegen ihn: grobe Körperverletzung, Widerstand gegen Staatsbeamte, unerlaubtes Eindringen ins Gemeindeamt. Diese Anschuldigungen konnten jedoch nicht bewiesen werden, sodass sie fallen gelassen wurden.

6

Als Jaatinen von dem Zwischenfall hörte, sprang er sofort auf sein Fahrrad und fuhr geradewegs zum Gemeindeamt. Er hatte vor, Jäminki und den anderen Vertretern der Kommune klar zu machen, dass endlich Schluss sein müsse mit der Einmischung in die Angelegenheiten der Baustelle. Besonders wurmte ihn, dass Manssila fast den ganzen Tag festgehalten worden war.
Wütend betrat Jaatinen das Gemeindebüro. Fünf Frauen arbeiteten dort an ihren Schreibtischen. Jaatinen sah sich suchend nach der Tür des Baubüros um, doch sein Blick fiel auf ein viel reizvolleres Objekt.
Jaatinen sah im Gemeindebüro eine Frau. Sie war eine unter mehreren, unterschied sich jedoch gravierend von den anderen. Sie war schön, atemberaubend schön. Wie beschreibt

man sie am besten: dunkles, welliges Haar, ein zartes Gesicht, eine gerade, schön geformte Nase, in den Augen den Schimmer von tausend Rätseln ..., ihr weißer, schlanker Hals ragte aus dem Kleid wie die Elle einer Göttin, ihre wohlgerundeten Brüste präsentierten sich wie die allerteuersten Schätze ..., und die Figur! Vollendete Formen von den Schultern bis zu den Schenkeln und den zierlichen Knien, auslaufend schließlich in schlanken Waden und zarten Knöcheln, die Füße steckten in eleganten Schuhen ..., ein wirklich schöner Mensch!
Jaatinen vergaß sein eigentliches Anliegen, so als hätte er nie eines gehabt. Er blieb am Empfangstresen stehen und betrachtete die schöne Frau, die bald bemerkte, dass sie Gegenstand seines Interesses war. Sie wurde ein wenig verlegen, kein Wunder, denn Jaatinens Augen waren so starr auf sie gerichtet wie eine Filmkamera, die eine erregende Szene aufnimmt.
Um sich aus Jaatinens starren Blicken zu lösen, kam die Frau an den Empfangstresen und fragte ihn nach seinem Anliegen. Jaatinen war außerstande, auf die Frage zu antworten, seine großen Pranken pressten sich um die Kante des Tresens, sodass in der grünen Kunststofffläche Schrammen entstanden; dann wurde er knallrot, drehte sich um und marschierte hinaus. In der Tür brummte er verwirrt, jedoch mit hörbarer Stimme::
»Na, so was!«
Jaatinens Gemütsbewegung war so gewaltig, dass ihm erst draußen einfiel, was er von Jäminki und Kumpanen gewollt hatte. Er mochte jedoch nicht noch einmal ins Büro zurückkehren, sondern schnappte sich sein Fahrrad und trampelte zum Fluss, dass die Kette knirschte. Erst als er auf der Baustelle angekommen war, war die Röte von seinem Gesicht

verschwunden. Für den Rest des Tages schloss er sich in seiner Baubude ein, um über das, was er erlebt hatte, nachzudenken.

Am nächsten Tag erkundigte er sich unauffällig, wen er da am Vortag im Gemeindebüro gesehen hatte. Pyörähtälä erzählte, wenn die Frau auffallend schön gewesen sei, so handle es sich ganz offensichtlich um Irene Koponen. Fräulein, und Gemeindesekretärin von Kuusmäki.

Die Gemeindesekretärin also. Jaatinen bemerkte, dass er eifersüchtig auf die Männer von Kuusmäki wurde. Hier fand sich also die Erklärung, warum zum Beispiel Gemeindevorsteher Jäminki die dörflichen Angelegenheiten so eifrig vom Gemeindeamt aus regelte, obwohl er gar kein kommunaler Beamter war, sondern ein Ehrenamt innehatte. Jetzt war klar, warum dieser vierschrötige alte Bauer im Gemeindebüro herumhockte, in der Nähe seiner wundervollen Sekretärin. Und Baumeister Kainulainen, ein farbloser Mann mittleren Alters? Es war einfach unverdientes Glück, dass so ein Kerl täglich die bildschöne Gemeindesekretärin ansehen, ja sogar mit ihr sprechen konnte ...

Mit diesen Gedanken ging Jaatinen ins Mittsommerfest. Er zog sich am Abend gebügelte Hosen an, putzte seine Schuhe, schlüpfte in sein neues buntes Hemd, rasierte sich sorgfältig und stieg aufs Fahrrad. Dann radelte er langsam ins Kirchdorf. Ein warmer Sommerwind ließ sein Hemd flattern, die Vögel sangen, es roch nach Saunaquasten. Oh lieblicher Sommer, oh Ingenieur Jaatinen, frisch verliebter Hüne, der da seiner Mittsommerfeier entgegenstrebt, in seinem großen Herzen die Hoffnung eines sehnsuchtsvollen Mannes, eine scheue Erwartung, die Vorahnung von Glück. Der verliebte Brückenbauingenieur wirkte in dieser Umgebung und in diesem Gemütszustand nicht anders als jeder verliebte finnische Mann: Das Gesicht hat einen unbeschreiblich dümmlichen Ausdruck, die Lippen sind gespitzt, eine Andeutung von Gesang ist zu hören, der Blick irrt über das Gebüsch neben der Straße und er fährt mit seinem Fahrrad am linken Straßenrand.

Jaatinen fuhr ins Motel, bestellte sich kaltes Bier, aß gut. Im Restaurant des Motels war viel Betrieb. Männer von der Baustelle kamen zu Jaatinen an den Tisch, Manssila, Pyörähtälä und ein paar andere. Jaatinen trank nicht viel, es war noch nicht der geeignete Zeitpunkt für einen Rausch, ein Mittsommerabend ist lang.

Irgendwann im Verlaufe des Abends kamen Jäminki und Kainulainen ins Restaurant. Als sie Jaatinen entdeckten, verzogen sie sich in den Rotary-Salon. Bald sah man auch Kommissar Kavonkulma durch dieselbe Tür verschwinden, und hinter ihm tappte vorsichtig Propst Roivas in den Salon.

»Die haben irgendwas vor«, sagte Pyörähtälä.

»Mich wundert ja, dass diese Oberen von Kuusmäki uns dermaßen hassen«, äußerte Jaatinen. »Ich habe auch in Österbotten Brücken gebaut, und dort ist man mir wenigstens nicht gleich mit Hass begegnet.«

»Die hier sind einfach so«, sagte Manssila. »Man braucht ihnen gar keinen besonderen Anlass zu geben, sie haben einfach einen Grundhass gegen alle neuen Leute im Ort. Auch Lehrer sind schwer herzukriegen, zurzeit sind wohl wieder mal zwei Stellen unbesetzt. Im Gesundheitszentrum gibt es nur einen einzigen Arzt, der drei Stellen versieht.«

Der Mittsommerabend verging heiter. Ein leiser, wärmender Rausch erfasste Jaatinen, und als die Nacht kam, verließ er das Restaurant und fuhr ans Seeufer, wo das gemeinsame

Feuer des Dorfes abgebrannt wurde. Am Ufer hatten sich gut fünfhundert Menschen versammelt, auf der alten, wackeligen Estrade wurde getanzt. Eine taschenwarme Flasche machte unter den Männern die Runde, die Jugend knatterte auf Mopeds über die Uferwege, der Kirchenchor von Kuusmäki sang Volkslieder, Nebel hing über dem See, hinten im Wald prügelten sich ein paar Männer und tief drinnen im Gebüsch zogen schüchterne Jungenhände die Strumpfhosen von den Beinen einer Dorfschönen.

Mit dem gründlichen Blick des Ingenieurs stellte Jaatinen fest, dass am Ufer, etwas abseits von den anderen, die Gemeindesekretärin allein auf einem Stein saß. Jaatinen gesellte sich verstohlen zu ihr, man plauderte, und bald entfernte sich das Paar vom Festplatz, machte ein Boot vom Ufer los und glitt lautlos auf den nebligen See hinaus.

Fern am anderen Ufer, in der warmen Sommernacht, hörte Jaatinen auf zu rudern, sah die Frau zärtlich an, hielt ihre Hand, und bald saßen sie eng umschlungen im Boot, sie wurden ein bisschen albern, waren aufgeregt und fühlten sich wohl. Jaatinen merkte, dass seine Männlichkeit wirkte, und wurde darüber grenzenlos froh. Er fühlte sich als Sieger. Dieses Gefühl, das ihm die Brust anschwellen ließ, verstärkte sich in den Stunden nach Mitternacht, als er Irene Koponen nach Hause begleitete, ins Treppenhaus, ins Zimmer, hinter die Gardinen, den vor Aufregung zitternden Arm um die Frau geschlungen, deren Schönheit ihm unbeschreiblich schien.

Diesen Genuss trinkend, schlief er schließlich ein, in seinen Armen lag die schöne Gemeindesekretärin wie eine geöffnete Auster, vom Geschmack und Geruch die beste aller Naturgaben. So schlummerten beide bis in den Morgen.

Am Johannistag erwachte Jaatinen von Irenes herrlichem Gesang, in den sich das Vogelgezwitscher mischte, das durchs offene Fenster hereindrang, und Jaatinen fühlte sich, sofern das möglich war, noch glücklicher als in der Nacht. Er aß das Frühstück, das ihm seine Liebste bereitet hatte, schluckte Tomatenscheiben und sah ihr tief in die Augen, so tief er konnte, er fühlte sich so voll von Liebe wie ein großer Kachelofen, der viele Winter lang nicht geheizt, jetzt mit mehreren Arm voll trockenen Holzes gefüllt worden ist. Und wie ein solcher Ofen verströmte Brückenbauingenieur Jaatinen nach allen Seiten Wärme, bis das Telefon klingelte.

Der Anrufer war Propst Roivas.

Die herrliche Irene antwortete mit sanfter Stimme, sie wünschte dem Propst einen schönen Johannistag, doch kurz darauf änderte sich ihr Ton, und schließlich knallte sie den Hörer heftig auf die Gabel; Jaatinen sollte bald erfahren, was der Propst mitzuteilen gehabt hatte.

»Bist du der Bauleiter am Blutfluss, Brückenbauingenieur Akseli Jaatinen?«

»Der bin ich.«

»Und das hast du mir verheimlicht?«

»Weil du nicht gefragt hast, dachte ich, du weißt, wer ich bin.«

»Ich hielt dich für einen anständigen Arbeiter. Roivas erzählte mir eben am Telefon, dass du Jaatinen bist. Was machen wir jetzt? Sag es mir!«

Es war nämlich so, dass sich die Gemeindesekretärin schon vor geraumer Zeit ihr Bild von Brückenbauingenieur Jaatinen gemacht hatte; sie hielt ihn für ein großes Schwein, einen Säufer, einen Lumpen, einen unhöflichen Intriganten ..., und jetzt hatte sie diesen Mann unwissentlich in ihre Wohnung mitgenommen, welche Schande!

Jäminki hatte am Morgen den Propst angerufen und ihm erzählt, Jaatinen habe sich der Brandstiftung schuldig gemacht, eine Scheune und eine Mähmaschine seien vernichtet, beide alt und wertvoll, und wenn die Gemeindesekretärin an sachlichen Beziehungen zum Gemeindevorsteher, zur Zentrumspartei sowie zu einigen anderen Fraktionen interessiert sei, so solle sie aufhören, mit dem Feuer zu spielen, und zur Vernunft kommen, ehe noch Schlimmeres passiere.
»Bist du wirklich so kleinlich?«, wunderte sich Jaatinen.
»Du Mistkerl kommst her und schläfst mit mir, tust es auch noch heimlich! Jäminki schmeißt mich raus, wenn du nicht sofort von hier verschwindest«, sagte sie und ging ins Badezimmer. Hinter der Tür waren Schluchzen und Wassergeplätscher zu hören. Bald kam sie wieder heraus, fertig angezogen, sie öffnete die Wohnungstür und sagte:
»Sei so gut und geh. Ich habe noch nie eine so große Dummheit gemacht. Geh schon. Und komm nicht noch mal her, um mein Leben zu zerstören.«
Jaatinen verließ die Wohnung. Im Ofen der Liebe erlosch das Feuer, es war, als hätte jemand einen Kübel schlammigen Wassers über die fröhlich lodernden Flammen gegossen, und düsterer Qualm schien aus Jaatinens Ohren und Nüstern zu quellen, als er auf die Hauptstraße des Kirchdorfes trat, mitten hinein in den hellen Johannistag. Nur selten verfluchte Brückenbauingenieur Jaatinen eine Frau, aber jetzt sagte er:
»Blöde Gans.«

7

Welch grenzenlose Schmach und Schande! Jaatinen ging mit rotem Kopf die Straße entlang, im hellen Sonnenschein. Es waren ziemlich viele Leute unterwegs, sie schienen zu ahnen, woher er kam, auch schien allgemein bekannt, dass er ein verstoßener Liebhaber war.

Jaatinen war so beschämt und wütend, dass er sich nicht gleich erinnerte, wo er am vergangenen Abend sein Fahrrad abgestellt hatte. Während er danach suchte, traf er vor der Genossenschaftsbank auf eine kleine Gruppe von Männern, allesamt Honoratioren: Gemeindevorsteher Jäminki, Propst Roivas und ein dritter jüngerer Mann, in dem Jaatinen den Leiter der Feuerwehr, Jokikokko, erkannte.

Es war sofort zu erkennen, dass sich die drei getroffen hatten, um zu beobachten, in welcher Verfassung Jaatinen von der Gemeindesekretärin käme. Jaatinen wusste über Jokikokko nur so viel, dass dieser seit Jahren das Ziel verfolgte, Irene Koponen zu heiraten, bisher jedoch ohne Erfolg. Jokikokko war groß und blond, er hatte nichts Besonderes an sich, war einfach ein Lümmel. So sahen also die Verehrer der Koponen aus; Jaatinen konnte nur verächtlich schnauben, als er sich den Mann ansah.

Die drei grinsten Jaatinen offen an, als er sich näherte. Dem verletzten Stolz des rausgeschmissenen Liebhabers setzte diese unverhohlene Schadenfreude schwer zu.

»Hören Sie, Jaatinen«, sagte Propst Roivas. »Ich will Ihnen in keiner Weise Unannehmlichkeiten bereiten, aber Sie werden verstehen, ich habe Fräulein Koponen konfirmiert ..., ich sah es als meine Pflicht an, sie vor Ihnen zu warnen. Ich glaube nicht, dass Ihr Einfluss auf sie irgendwie positiv sein kann.«

Auch Jäminki konnte sich nicht enthalten, ein paar Worte zu dem gedemütigten Ingenieur zu sagen:

»Wir beobachten Sie schon seit geraumer Zeit, Ingenieur Jaatinen. In diesem Dorf wird nicht wie auf dem Feld gelebt, merken Sie sich das. Und außerdem verkehrt unser Feuerwehrchef Jokikokko schon lange mit Fräulein Koponen. Wir haben in unserem Dorf selber genug Männer, das garantiere und unterstreiche ich.«

Jaatinen musterte die drei, er schnaubte vor Wut. Jokikokko ballte seine Fäuste. Die Situation spitzte sich zu, Propst Roivas wich ein Stückchen zurück.

Jokikokko konnte es nicht lassen, Jaatinen ein wenig anzurempeln. Dabei sagte er:

»Es dürfte besser sein, du verziehst dich in deine Bude am Fluss und denkst ein bisschen nach, abgemacht?«

Das war schon zu viel.

Jaatinen brüllte auf, schleuderte Jokikokko von sich wie einen Lappen und hob seine Fäuste drohend vor Jäminki.

Weitere Männer aus dem Dorf eilten hinzu. Sie umringten Jaatinen, man begann ihn zu schubsen, er spürte, dass er in dem Kreis eingezwängt war. Er versuchte sich mit aller Kraft zu beherrschen, für gewöhnlich hielt er sich aus Schlägereien heraus, da er sein heftiges Temperament kannte.

Das allgemeine Gerangel ging eine Weile weiter. Jokikokko riss Jaatinen das Hemd an der Brust auf, der Lärm nahm zu und bald kam im Laufschritt Kommissar Kavonkulma angerannt, mit ihm Konstabler Ollonen. Jaatinen war so dicht umzingelt, dass der Kommissar die Stimme erheben musste:

»Zur Seite, damit ich den Gummiknüppel einsetzen kann!«

Man machte dem Kommissar Platz, und Jaatinens Rücken dröhnte von kräftigen Schlägen. Gut zehn Hiebe empfing er, ehe er seine Hände so weit frei bekam, dass er dem Kommissar den Gummiknüppel entreißen konnte. Er schleuderte ihn weit weg und versuchte sich mit Fäusten zu verteidigen, aber die Dörfler hingen an ihm wie eine Horde Ameisen, die einen Maikäfer zu ihrem Hügel schleppen.

»Bringen wir ihn in die Zelle«, entschied der Kommissar.

Die auf und ab wogende Männerschar begann, Jaatinen zur Polizeistation zu zerren. Er widersetzte sich mit allen Kräften, im Straßenbelag entstanden schwarze Bremsspuren von seinen Schuhen, sein Hemd zerriss, die Uhr löste sich vom Handgelenk und wurde unter den Füßen der Männer zertreten. Stück für Stück ging es dennoch vorwärts in Richtung Polizeistation.

Es dauerte gut und gern zehn Minuten, ehe die Männer von Kuusmäki, etwa zwanzig an der Zahl, Jaatinen auf die andere Straßenseite bugsiert hatten; der Verkehr auf der Hauptstraße kam währenddessen zum Erliegen. Ein Ortsfremder, der sein Auto stoppen musste, erkundigte sich, was eigentlich los sei. Propst Roivas, der ebenfalls so viel Gefallen an dem Handgemenge gefunden hatte, dass er Jaatinen am Hemdzipfel zog, löste sich aus der Gruppe und trat zu dem Fremden, um ihm die Situation zu erklären:

»Wir bringen hier bloß einen Ingenieur in den Arrest, damit er sich beruhigt ..., dieser Mann ist eine Art Barrabas ..., zeigt ein eigenartiges Verhalten. Sie können getrost weiterfahren, mehr ist hier nicht zu sehen.«

Inzwischen war es den Männern gelungen, Jaatinen bis auf die Eingangsstufen der Polizeistation zu schleifen. Dort konnte er sich beinah losreißen, denn auf der Treppe hatten nur zehn Mann auf einmal Platz, um ihn festzuhalten. Rufe hallten, die Situation wirkte für einen Außenstehenden wie ein Schaukampf, die Männer keuchten und der Schweiß floss ihnen herunter. Jemand hielt die Tür der Polizeistation auf; es sah aus, als wäre Jaatinen ein riesiger Hengst, den die Männer vom Schlachthof vergeblich in den Viehtransporter zu treiben versuchen. Das Treppengeländer knackte, einige Männer fielen von den Stufen hinunter, aber schließlich verschwand Jaatinens Rücken im Inneren des Gebäudes, und das Toben ging drinnen weiter.

»So viel Schwierigkeiten hat hier noch nie einer bei seiner Einlieferung in die Zelle gemacht«, konstatierten die Zuschauer, die sich auf dem Hof versammelt hatten.

Der Kampfeslärm kam nun bereits aus dem Büro der Dienststelle, die Türen knallten, das Telefon klingelte. Jemand nahm ab, schrie in den Hörer:

»Ja, ja, hier ist die Polizeistation! Wir kommen sofort, wir müssen bloß erst einen Ingenieur in die Zelle schaffen. Rufen Sie später an, wir können momentan keine Anzeige aufnehmen!«

Gerade als man Ingenieur Jaatinen schon halb durch die Zellentür geschleift hatte, bekam er seine Hände frei, schleuderte mit gewaltiger Kraft ein paar seiner Peiniger in die Zelle, schüttelte die anderen ab und rannte auf den Gang. Nur zwei Männer hingen noch an ihm, und sie fielen in dem Moment von ihm ab, als er durchs offene Fenster nach draußen sprang. Die Menschenmenge auf dem Hof stob auseinander wie eine Schar Krähen vor dem Turmfalken. Jaatinen sauste über den Hof auf die Straße, überquerte sie und verschwand im Wald. Sein nackter, verschwitzter Rücken glänzte in der Sonne, einige Hemdfetzen blieben am Zaun der Genossenschaftsbank hängen, als Jaatinen hinübersprang.

Aus der Tür der Polizeistation drängten verschwitzte Männer, sie liefen nervös auf dem Hof herum und rannten dann hinter Jaatinen her.
Der rauschende Sommerwald verschluckte den Ingenieur, er flüchtete wie ein Elch, und die Verfolger konnten ihn nicht einholen. Sie suchten eine Weile nach ihm, kehrten schließlich wütend aus dem Wald zurück und sagten:
»Fast hätten wir ihn drin gehabt.«

8

Was für ein Mittsommerfest, dachte Ingenieur Jaatinen in den Wäldern hinter Kuusmäki. Er irrte geistesabwesend durch unbewohnte Gegenden, kam schließlich an den Fluss, wusch sich und zog die letzten Hemdfetzen aus. Hier und dort wies sein Körper blutige Schrammen auf, Jaatinen konnte von Glück reden, dass keine Knochen gebrochen waren.
Finster saß Ingenieur Jaatinen am Johannisabend am Fluss. Er fühlte sich genauso kläglich wie der fluchende Kullervo, war zornig und rachedurstig.
Diese klägliche Verfassung amüsierte ihn andererseits auch. Er sagte sich, dass er am gestrigen Tag noch nichts davon geahnt hatte, wie diese Mittsommerfeier enden würde.
In der Abenddämmerung wanderte Jaatinen dem Unterlauf des Flusses entgegen. Er wollte nicht ins Kirchdorf zurückkehren, denn wahrscheinlich waren die Leute dort noch in Lynchstimmung. Er folgte dem Flussufer ein paar Kilometer, bis er zur Brückenbaustelle kam. Vorsichtig schlich er sich an

den Waldrand. Er wollte sich vergewissern, dass bei seiner Baubude nicht Kommissar Kavonkulma oder Konstabler Ollonen warteten. Die Treibjagd ins Gefängnis würde wieder beginnen.

Auf der Baustelle war tatsächlich Bewegung zu erkennen. Beim genauen Hinsehen entdeckte Jaatinen, dass Pyörähtälä draußen vor seiner Baubude saß und dort friedlich eine Zigarette rauchte. Jaatinen trat aus dem Schutz des Waldes heraus. Pyörähtälä freute sich, als er den Ingenieur sah, und lief ihm entgegen.

»Mensch, Jaatinen! Ich habe von dem Theater erst am Nachmittag erfahren. Ich habe nach dir gesucht. Kavonkulma und Ollonen sind immer noch auf der Jagd nach dir, ich wollte dich warnen.«

»Was können sie mir anlasten?«

»Gar nichts wohl, aber sie sind so aufgebracht, dass sie dich auf jeden Fall für die Nacht in die Zelle stecken wollen.«

»Die Kerle bringen mich nicht in die Zelle, das hat man ja vorhin gesehen.«

»Hör mal, du kennst den Kavonkulma noch nicht, und auch nicht unsere anderen Dorfoberen hier. Kavonkulma hat ein paar wirklich hässliche Sachen hinter sich, der macht nicht bloß leere Worte.«

Pyörähtälä erzählte einen Vorfall, der sich im vergangenen Herbst zugetragen hatte. Er, Pyörähtälä, war im Arrest gelandet ..., nun, Schwamm drüber, es kam oft vor, dass Kavonkulma und Ollonen ihn in die Zelle tragen mussten. Aber in jener Nacht war noch ein zweiter Mann in dieselbe Zelle gebracht worden, auch er ein wenig betrunken, und schließlich ein dritter, ein junger Bursche. Der Kommissar hatte diesen Burschen im Kuhstall bei Sodomie erwischt, ihn verdroschen und in die Zelle gesteckt. Und dort hatte er in seiner Wut den Burschen dermaßen misshandelt, dass dessen eines Auge anschließend erblindet war. Kavonkulma hatte sich immerhin so darüber erschrocken, dass er den Jungen freigelassen hat, nachdem er ihn erst hatte schwören lassen, dass er die Sache nicht an die große Glocke hängen würde; für den Fall hat er ihm mit einer Anklage wegen Sodomie gedroht.

»Ist in der Sache denn keine Anklage erhoben worden?«

»Gegen den Jungen?«, fragte Pyörähtälä.

»Nein, gegen den Kommissar natürlich, er war es doch, der ein Verbrechen beging, als er dem Jungen das Auge blind schlug. Außerdem ist Sodomie heute nicht mehr strafbar.«

»Es gab kein Verfahren. Der Kommissar hat die Sache mit der Mutter des Jungen geregelt, hat ihr wohl auch Geld gegeben und ihr versprochen, dass der Junge nicht vor Gericht kommt, wenn man sich einigt. Die Frau schämt sich furchtbar für ihren Sohn, weil er es mit Kühen treibt, ist wohl ein bisschen geistesschwach, glaube ich. Ich wollte die Sache eigentlich publik machen, aber die Frau war dagegen, sie hatte Angst, dass das ganze Dorf davon erfährt, obwohl es wahrscheinlich sowieso alle wissen.«

»So einer ist also der Kavonkulma.«

»Ganz recht. Pass bloß auf, dass du keine Schläge einsteckst. Heute Nacht werden sie dich bestimmt holen. Komm mit zu mir, hier in deiner Baubude suchen sie dich zuerst.«

»Warum nicht. Ich hab keine Lust auf einen zweiten Ringkampf mit dem ganzen Dorf.«

Die beiden Männer gingen durch die Wälder zu Pyörähtäläs Wohnung. Am Morgen kamen sie gemeinsam zur Baustelle. Um acht Uhr wurde mit der Arbeit begonnen. Jaatinen teilte

den Männern mit, dass in der letzten Juniwoche in zwei Schichten gearbeitet werde, im Juli gebe es dann eine Sommerpause.
Am Vormittag erschienen Kommissar Kavonkulma und Konstabler Ollonen auf der Baustelle. Sie traten mit sehr entschlossenen Mienen zu Jaatinen.
»Ingenieur Jaatinen, folgen Sie uns.«
»Ich gehe nirgendwohin. Sie haben keinen Haftbefehl, mich werden Sie nicht mitnehmen. Hat der gestrige Auftritt nicht gereicht?«
Die Arbeit auf der Baustelle kam zum Stillstand. Die Männer scharten sich um den Kommissar, den Konstabler und Jaatinen. Drohendes Schweigen umgab die beiden Polizeimänner, die erkannten, dass es für sie heikel werden könnte.
»Sie haben gestern im Kirchdorf so herumgewütet, dass Sie zum Verhör kommen müssen. Es wird eine Anklage wegen öffentlicher Randale geben.«
»Hinterlegen Sie die Anklageschrift drüben in der Baubude. Ich werde zur Gerichtsverhandlung kommen, aber für Verhöre habe ich jetzt keine Zeit. Diese Baustelle ist für Unbefugte gesperrt, wenn Sie sonst nichts weiter wünschen, verlassen Sie bitte das Gelände.«
Ollonen knirschte mit den Zähnen, Kavonkulma überlegte, was er machen sollte.
Manssila entschied die Angelegenheit:
»Ihr werdet Jaatinen hier nicht gewaltsam wegschleppen, wir alle werden ihm beistehen, wenn nötig. Ihr könnt die Anklage schriftlich abgeben, das geht in Ordnung.«
Mit feuerroten Köpfen zog sich die Amtsmacht zurück. Kavonkulma knurrte, die Vorladung werde per Post kommen. Dann stiegen die beiden in ihren Streifenwagen und fuhren

davon. Allmählich kam die Arbeit am Fluss wieder in Gang. Jaatinen sagte sich, dass es für ihn fatal geworden wäre, wenn der Kommissar nicht von seiner geplanten Verhaftung abgesehen hätte.

Am ersten Juli zahlte Jaatinen den Männern das Urlaubsgeld aus und wünschte ihnen einen schönen Urlaub. Dann fuhr er auf seinem Fahrrad ins Kirchdorf, stieg in den Linienbus und verschwand nach Helsinki.

9

Als Ingenieur Jaatinen nach dreiwöchiger Sommerpause von seinem Urlaub zurückkehrte, marschierte er schnurstracks zur Polizeistation, um Kommissar Kavonkulma zu sprechen.

»Ach, Jaatinen ..., kommst du wegen deiner Johannisrandale? Reue nützt dir nichts mehr, du kriegst eine saftige Geldstrafe aufgebrummt, warte es nur ab.«

»Darüber und über noch ein paar andere Dinge wollte ich mit dir reden. Aber lies erstmal dieses Papier, Kavonkulma.«

Der Kommissar griff mit seinen dicken Fingern nach dem Schreiben, das Jaatinen ihm reichte, und begann mit überheblicher Miene zu lesen. Doch bald änderte sich seine Miene grundlegend, sein Gesicht wurde dunkelrot, seine Hände begannen zu zittern, und als er zu Ende gelesen hatte, zitterte der große Mann am ganzen Körper. Jaatinen nahm sein Dokument wieder an sich. Der Kommissar stand auf und durchmaß sein Amtszimmer mit schnellen Schritten wie ein gehetztes Tier. Er zischte:

»Du willst mich erpressen. Mit dem Trick kommst du niemals durch.«

»Noch erpresse ich dich nicht, aber ich mache es garantiert, wenn du mir auch nur den geringsten Anlass dazu gibst. Jetzt bringe ich dieses Dokument in die Kanzlei und bitte darum, dass man es an den Polizeibezirk schickt.«

»Das machst du nicht! Schick es nicht ab! Das war damals ein Unglücksfall.«

Jaatinens Dokument enthielt einen Bericht, dem die Aussage der verwitweten Bäuerin Reivilä zugrunde lag. Es war darin die Rede von der Neigung ihres Sohnes, geschlechtlichen Umgang mit Haustieren zu pflegen, wenn auch äußerst selten. Doch wegen dieser Neigung »drang Kommissar Paavo Uuno Kavonkulma in der Nacht auf den dreizehnten (13.) September des vergangenen Jahres, etwa gegen ein Uhr, in das Haus der verwitweten Bäuerin ein, nahm ihren Sohn mit und misshandelte ihn noch in derselben Nacht mit Fausthieben und Fußtritten so stark, dass sein eines Auge dauerhaft verblindete. Außerdem wies der Körper des Jungen Schlagverletzungen, blaue Flecke und Schürfwunden auf.«

Das Papier trug die Unterschriften der Mutter, ihres Sohnes sowie die Pyörähtäläs und jenes dritten Mannes, der in der Zelle Zeuge des Vorfalls geworden war.

Jaatinen zerriss das Blatt. Der Kommissar freute sich.

»Ha, du bist vielleicht ein Scherzbold, gräbst zum Schein eine alte Geschichte aus, hast das Dokument aber in Wirklichkeit gefälscht und die Unterschriften selber gekritzelt, um mich zu erschrecken ... Ich konnte mir schon denken, dass du es nicht ernst meinst.«

»Es war nur eine Fotokopie des Originals. Das eigentliche Dokument liegt im Panzerschrank meines Anwalts in Helsin-

ki«, sagte Jaatinen. Er zündete die Schnipsel der Kopie an, sie verbrannten auf der Schreibtischkante des Kommissars, und schwarzer Rauch zog durchs Zimmer.
Der Kommissar setzte sich. Besorgnis erfüllte ihn wieder, sogar noch viel stärker als vorher.
Jaatinen erhob sich. »Du verzichtest auf die Geldstrafe und ziehst die Klage vor dem Amtsgericht zurück. Und dann machst du Folgendes, hör jetzt genau zu: Du lädst alle zur Vernehmung, die mich am Johannistag hierher geschleift haben und mich in den Arrest stecken wollten. Es waren mindestens zwanzig Mann. Jedem verpasst du eine Geldstrafe für öffentliche Ruhestörung, Ollonen kann als Zeuge auftreten. Mein Hemd wurde zerrissen, die Gruppe soll mir gemeinschaftlich ein neues kaufen und es mir zur Baustelle bringen.«
»Red jetzt keinen Quatsch, ich kann nicht eine so große Gruppe von Männern mit Bußgeldern belegen ..., und ein neues Hemd kaufe ich dir lieber von meinem eigenen Geld, welche Kragenweite hast du?«
»Meine Kragenweite ist 42. Du wirst das Hemd nicht kaufen, sondern die Männer, die mich zur Zelle geschleift haben. Propst Roivas muss übrigens auch eine Geldstrafe kriegen. Ist die Sache jetzt klar?«
Der Kommissar seufzte schwer. Er rief Konstabler Ollonen herein und sagte zu ihm:
»Hör zu, Ollonen. Stell die Namen all der Leute zusammen, die am Johannistag versucht haben, Ingenieur Jaatinen in den Arrest zu schaffen, du hast das alles ja noch gut im Gedächtnis. Mach eine Liste, und dann kriegt jeder einen Bußgeldbescheid über fünfzig Mark. Du kannst die Sache bezeugen, und außerdem erinnern sie sich selber sehr gut an den Vorfall.«

An Jaatinen gewandt, fragte Kavonkulma vorsichtig:
»Fünfzig Mark pro Kopf reichen wohl?«
»Das ist eine angemessene Summe.«
»Welche Farbe soll das Hemd haben?«
Jaatinen überlegte kurz. Dann entschied er:
»Blau, klein kariert, Flanell!«

10

Dieser Sommer wurde für Jaatinen recht einsam. Er hatte starke Sehnsucht nach der Gemeindesekretärin Irene Koponen, wagte sich aber nicht in ihre Nähe, da er sich noch deutlich erinnerte, wie sie ihn am Johannistag behandelt hatte. Obwohl die beiden versuchten, einander zu meiden, liefen sie sich trotzdem ab und zu über den Weg, Kuusmäki war schließlich nur eine kleine Gemeinde, und beide waren gezwungen, hin und wieder etwas im Kirchdorf zu erledigen. Wenn er die Koponen traf, grüßte Jaatinen steif und bekam nur eine knappe Erwiderung. Angefüllt mit Bitterkeit, ertrug er diese flüchtigen Begegnungen; seine Mundwinkel zuckten dabei unergründlich. In einen großen Mann passt nicht nur eine ungeheure Menge an Sehnsucht, sondern auch an Bitterkeit.

Das Gerede der Eisenflechter und Zimmerleute über Frauen machte Jaatinen in diesem Sommer keinen Spaß. Um seine eigenen Frauengeschichten stand es so schlecht, dass er mit Witzeleien über Erotik nichts am Hut hatte.

Trotz alledem gingen die Arbeiten am Fluss vorbildlich voran. Im August konnte man an die Verschalung der Brückenbahn gehen, und Jaatinen rechnete aus, dass man mit dem Gießen der Fahrbahndecke im September beginnen könnte. Als er im Bezirksbüro Baustahl bestellte, wunderten sich die Chefs dort über das schnelle Fortschreiten der Arbeit. Jaatinen erklärte:

»Die hiesigen Arbeiter sind eben fleißig, und entsprechend ist der Zeitplan.«

Kommissar Kavonkulma belegte gehorsam achtzehn Männer aus Kuusmäki mit Bußgeldern. Er beklagte sich bei Jaatinen über die undankbare Aufgabe, doch Jaatinen blieb hart: Die Bußgelder mussten verhängt werden, und dabei durften Jokikokko, Jäminki und Roivas nicht vergessen werden. Vor allem Jäminki und Roivas waren gekränkt über die Maßnahme; sie tadelten ihren früheren Freund, den Kommissar, heftig, doch notgedrungen mussten auch sie für ihr Vergehen büßen. Als Jäminki das Geld auf der Bank einzahlte, sagte er:

»Dieser Fall wird noch so gelöst werden, dass der Mann aus unserem Dorf verschwindet, so viel ist sicher.«

Propst Roivas fand es undenkbar, sein Bußgeld persönlich auf der Bank zu bezahlen, er beauftragte die Kanzlistin des Pfarramtes damit.

Jaatinen bekam sein neues Hemd erst im August. Die Männer von Kuusmäki protestierten energisch gegen den Kauf, sie fanden, das Ganze sei unter ihrer Würde. Doch als Ollonen bei jedem den festgesetzten Anteil eintrieb, wobei er auch vor gewaltsamen Maßnahmen nicht zurückschreckte, kam die erforderliche Summe zusammen; und eines Tages ging der Kommissar zusammen mit dem Konstabler in das Kurzwarengeschäft, um für Ingenieur Jaatinen ein Hemd auszuwählen. Die beiden prüften sorgfältig verschiedene Sorten, riefen sich in Erinnerung, was Jaatinen verlangt hatte, und entschieden sich schließlich für ein blau kariertes Modell mit Kragen. Bevor sie das Geschäft verließen, erkundigte sich der Kommissar bei der Verkäuferin:

»Wenn dieses Hemd dem Ingenieur nicht zusagt, können wir sicherlich umtauschen?«

Die heißen Abende im August waren für Jaatinen wahrlich schwer auszuhalten: Er musste allein in seiner Baubude sitzen und durch das kleine, schmutzige Fenster auf den schwarzen Fluss starren. Er hätte natürlich ins Motel fahren und Bier trinken können, doch als allabendliche Beschäftigung war das schwerlich geeignet, es stumpfte nur ab und machte müde. Jaatinen holte sich ein paar Bücher aus der Bücherei, doch wenn er auf seiner Pritsche in der heißen Hütte auf dem Rücken lag und die Gaslampe über ihm leise zischte, schlief er zumeist mit dem Buch auf der Brust ein, um irgendwann in der Nacht wieder aufzuwachen, in voller Bekleidung, hungrig und mit steifen Gliedern. Den Rest der Nacht verbrachte er dann wachend, er lungerte am Flussufer herum und zählte die Stunden.

So ersann Jaatinen ein kleines Hobby für seine einsamen Abende und Nächte. Er kaufte sich ein altes Ruderboot – in Kuusmäki war niemand bereit, ihm ein Boot zu vermieten – und ruderte auf dem See herum, in den der Blutfluss sein Wasser brachte. Jaatinen fischte mit der Spinnangel nach Zander und Barsch, konnte auch recht häufig einen Hecht erbeuten. Auf der hinteren Ruderbank spielte der Kurzwellensender im Kofferradio zur Gesellschaft leise Musik.

An den Schilfufern des Flusses knarrten gedämpft die Dollen der Boote, der Augustmond schien auf den stillen See, die überwältigende Schönheit der Natur ließ Jaatinen an seine

Jugend und an Fräulein Koponen denken. Sehnsucht packte den Mann in dem alten Boot. Es war der August der tausend nutzlosen Mondbrücken.

Auf einer seiner Bootsfahrten erlebte Jaatinen etwas Außergewöhnliches. Der Abend war besonders warm, Jaatinen war zwischen den kleinen Inseln unterwegs. Auf diesen Inseln standen einige Sommerhäuser, Jaatinen angelte oft im Bereich der Bootsstege und fing Zander, so auch jetzt: Ein Exemplar von gut einem Kilo Gewicht biss an. Der Fisch leistete zunächst Widerstand, beruhigte sich aber schließlich so weit, dass Jaatinen ihn mit dem Kescher herausholen konnte. Die Ruder polterten im dunklen Augustabend, der Fisch zappelte unter der Ruderbank. Als Jaatinen den Fisch getötet hatte, merkte er, dass sein Boot zu einer der Sommerhütten ans Ufer getrieben war. Aus der Dunkelheit ertönte die weiche Stimme einer Frau:

»Dort angelt Ingenieur Jaatinen wohl wieder Zander?«

Jaatinen zog das Boot auf den Strand, ging zu der Hütte und trat in ihren Lichtkreis. Auf der Veranda erwartete ihn eine Frau, blond und gut gebaut. Im Nachthemd, mit offenem Haar.

»Kommen Sie doch ins Haus, Jaatinen, ich kann uns Kaffee kochen. Huch, schrecklich, der große Fisch, den Sie da haben! Da traue ich mich ja gar nicht mehr zum Baden in den See, wenn dort solche Viecher leben. Ist der Zander für Menschen gefährlich?«

Sie erwähnte, dass sie sehr einsam sei, denn ihr Mann, Direktor Rummukainen, sei bereits am Abend mit einem ihrer beiden Boote ins Kirchdorf gefahren.

»Ich liebe ja so die Natur, deshalb bleibe ich oft allein auf der Insel. Es ist herrlich, ganz allein zu sein, nur mit sich und seinen eigenen Gedanken. Manchmal fürchte ich mich allerdings auch. Vorhin habe ich gerätselt, wer da wohl zu uns ans Ufer kommt, dann habe ich meinen Mut zusammengenommen und Sie angesprochen.«

Frau Leea Rummukainen war jung, in den Dreißigern, sie machte Kaffee, bot Sherry an und goss großzügig nach. Die Sommerhütte des Direktors bot einen angenehmen Rahmen für die nächtliche Kaffeestunde: Jaatinen entzündete ein Feuer im Kamin, Leea Rummukainen nahm den Fisch aus und schob ihn in den Ofen. Sie schien nicht die Absicht zu haben, demnächst schlafen zu gehen. Jaatinen sagte sich, in seine Baubude komme er immer noch, erstmal den Zander essen, den ihm die Frau zubereitete. Schließlich hatte er sich lange genug von Schnitten ernährt.

»Oh, wenn mein Mann wüsste, dass ich noch wach bin und hier mit Ihnen sitze, bekäme er einen Wutanfall ..., ich meine, er könnte es überhaupt nicht verstehen. Im Dorf wird ja allerlei von Ihnen erzählt. Aber kümmern Sie sich nicht darum, was die Leute sagen. Auch über mich ist in Kuusmäki viel geklatscht worden. Diese Menschen hier sind so unzugänglich, dass es mich manchmal richtig wütend macht.«

Jaatinen rauchte. Er saß Frau Rummukainen gegenüber, die ihre Beine übereinander geschlagen hatte, das seidige Nachthemd war auffällig nach oben gerutscht. Jaatinen begutachtete verstohlen die weiblichen Formen, er merkte, dass ihm die Frau absichtlich ihre Reize darbot. Die Gedanken des Ingenieurs schweiften vom Gesprächsthema ab, Frau Rummukainen sah ihm wer weiß wie tief in die Augen.

Im Ofen zischte es, der Zander wurde gar.

»Ach, wir haben ja ganz deinen Fisch im Ofen vergessen.«

»Deinen Fisch.« Frau Rummukainen wechselte ungezwungen zum Du. Der Zander wurde aufgetragen, Kerzen angezündet, das Licht gelöscht. Auch eine Rotweinflasche fand sich passenderweise. All das beeindruckte den Ingenieur tief. Durchs Fenster schien der Mond herein. Draußen war eine Mondbrücke zu sehen, die vom äußersten Ende des Bootsstegs bis weit hinüber ans andere Seeufer reichte.

Man aß den Zander, trank den Rotwein, Leea holte den Jagdkognak ihres Mannes heraus, auch der wurde ausgetrunken. In der Dunkelheit nach Mitternacht streifte Leea das Nachthemd ab, zog Jaatinen mit sich ins Bett, und es geschah das, was immer in solchen Situationen geschieht. Bald nach dieser wundervollen Beschäftigung traten die beiden nackten Menschen auf die Veranda hinaus, Leea rannte in den See, Jaatinen folgte ihr. Sie schwammen, das Wasser war warm, die weißen Körper glitten dahin, helles Lachen klang über den See. Glücklich legten sich die Schwimmer anschließend schlafen.

Gegen Morgen trieb ein kleiner Windstoß Jaatinens Boot auf den See hinaus, von dort trieb es immer weiter bis zum Kirchdorf, wo es am Ufer liegen blieb und im frischen Morgenwind vor sich hin schaukelte. Zur selben Zeit schlief Ingenieur Jaatinen, erschöpft von den nächtlichen Freuden, völlig selbstvergessen im Schlafzimmer des Sommerhauses von Direktor Rummukainen, in seinen Armen Leea, die nackte Frau des Direktors; auch sie schlief fest und ahnte nicht, dass die Sonne aufgegangen war.

Die Arbeiten auf der Baustelle liefen schleppend an, denn Jaatinen war morgens um acht nicht erschienen. Die Arbeiter fragten sich gegenseitig, wo der Ingenieur abgeblieben sei, doch niemand wusste eine Antwort. Gegen neun Uhr kam

aus dem Dorf die Nachricht, dass Jaatinens Boot leer am Ufer entdeckt worden sei, ein Ruder fehle.
Aus diesen Umständen ließ sich schließen, dass Jaatinen etwas zugestoßen war, er hatte ganz offensichtlich einen Bootsunfall gehabt.
Man müsse die Suche einleiten, hieß es im Dorf. Mit allzu großem Eifer wurde der Gedanke freilich nicht verfolgt, jemand äußerte sogar Zweifel, ob es die Mühe lohne, sofort den See nach Jaatinen abzufischen. Wenn der Mann ertrunken war, dann war er es eben; man könnte ihn nicht wieder zum Leben erwecken, und sollte er doch nicht ertrunken sein, was könnte er dann schon für Probleme haben.
»Er ist immerhin ein Mensch«, sagten einige. »Es ist unsere Pflicht, nach ihm zu suchen«, entschied Direktor Rummukainen, Zivilschutz-Hauptmann von Kuusmäki. Gemeinsam mit dem Kommissar trommelte er ein paar Männer zusammen. Zunächst wurde jedoch nachgesehen, ob Jaatinens Fahrrad an seiner Baubude stand. Man fand es dort vor. Direktor Rummukainen entschied:
»Nehmen wir also die Suche auf. Ich hole unser besseres Boot von der Insel, Leea hat dort übernachtet, da kann ich sie gleich fragen, ob sie in der Nacht Hilferufe vom See gehört hat.«
Rummukainen fuhr hinüber.
Furchtbar war sein Erstaunen, als er den ertrunken geglaubten Ingenieur nackt in seinem Ehebett vorfand, die eigene Frau ebenso splitternackt in den Armen des Gesuchten. Rummukainen griff sich sein Elchgewehr von der Wand und weckte die Schlafenden mit wildem Gebrüll:
»Hoch, ihr Ehebrecher, ich töte euch!«
Jaatinen stand auf, tastete nach seiner Hose und stieg hinein,

Frau Rummukainen warf sich irgendein Kleidungsstück über. Alle Beteiligten fanden die Situation erschütternd.
Leea Rummukainen erholte sich am schnellsten von ihrem Schrecken. Sie erklärte nervös:
»Kauko, Kauko, schieß nicht! Wunderbar, dass du da bist! Dieser schreckliche Mann hat mich die ganze Nacht hier im Haus gefangen gehalten, du glaubst mir doch, lieber Kauko?«
Rummukainen hörte sich die Erklärung seiner Frau mit zornfunkelndem Blick an. Er sah sich im Zimmer um, auf dem Tisch standen leere Flaschen und ein halb verzehrter Fisch. Aber Leea Rummukainen, die sich inzwischen eilig angekleidet hatte, hatte dafür eine Erklärung:
»Jaatinen hat mich gezwungen, seinen ekligen Fisch zu braten, und dann hat er die ganze Nacht von deinen Alkoholvorräten getrunken, ich hatte so schreckliche Angst, dass der Verrückte mich womöglich tötet. Du glaubst mir doch?«
All das war nur schwer vorstellbar, aber eine andere Wahrheit erschien Rummukainen noch unangenehmer, und so beschloss er, seiner Frau zu glauben. Er trieb Jaatinen mit dem Elchgewehr ans Ufer, wo seine Frau gehorsam den Bootsmotor in Gang setzte. Jaatinen wurde in das kleinere Boot kommandiert, er musste die Hände über dem Kopf halten, und dann startete die Bootskarawane in Richtung Kirchdorf. Das Seil zwischen den Booten straffte sich, Leea Rummukainen fuhr mit Höchstgeschwindigkeit hinüber zum Dorf, wo sich eine dichte Menschenmenge am Ufer versammelt hatte, um die angekündigte Suche zu verfolgen.
Das Boot stieß ans Ufer, Jaatinen, immer noch mit den Händen über dem Kopf, wurde aufgefordert auszusteigen, die Menschen umringten ihn. Rummukainen erklärte die Situation:

»Dieses Schwein hat die Nacht in unserem Sommerhaus verbracht, er hat meine Frau als Gefangene gehalten, meinen Schnaps getrunken und Leea gezwungen, Fisch zu braten. Und wir wollten noch freiwillig den See nach diesem Schurken absuchen. Wäre er doch ertrunken!«
Kommissar Kavonkulma drängte sich zu Jaatinen durch, packte ihn am Arm und nahm ihn mit.
»Bring ihn in den Knast«, rief man ihm nach.
Aber Kommissar Kavonkulma befolgte die Wünsche des Publikums nicht, sondern brachte Jaatinen im Polizeiauto zur Baustelle. Jaatinen schloss sich den ganzen Tag in seiner Bude ein. Manssila und Pyörähtälä kamen ein paarmal zu ihm, Jaatinen gab seine Anweisungen für die Ausführung der Arbeiten. Den Rest des Tages lag er auf seiner Liege.
An diesem Abend weinte Frau Leea Rummukainen allein zu Hause Tränen der Scham und der Sehnsucht. Direktor Rummukainen weilte auf einer Sitzung des Rotary Clubs, dort sprach man über den Fall Jaatinen und schüttelte den Kopf. Und Leea schluchzte in ihrem Schlafzimmer; zur Nacht stieg wieder der Vollmond auf, das verstärkte noch ihre traurigen Gefühle.

11

Schmach war Jaatinen also in Kuusmäki ein ums andere Mal widerfahren. Sein Lebensraum schrumpfte aufs Unwesentliche zusammen: Wenn es auf der Baustelle abends still geworden war, hatte er zumeist kein Verlangen, ins Kirchdorf zu fahren, um sich die Zeit zu vertreiben, denn die Leute sahen ihn scheel und feindselig an. Zu später Stunde schob er manchmal sein Boot ins Wasser, um auf den See hinauszurudern, aber jedes Mal fiel ihm dann seine jüngste Fahrt zu Rummukainens Sommerhaus ein, und die Macht dieser Erinnerung zwang ihn, sein Boot wieder auf den Strand zu ziehen. Der Spaß am Rudern war ihm vergangen.

Jaatinen brachte die entliehenen Bücher in die Bibliothek zurück, kaufte sich bei der Gelegenheit ein wenig Schnaps und verbrachte einen stillen Abend: Er trank und briet sich in der gusseisernen Pfanne Spiegeleier.

»Was ist das nur für ein Leben«, sprach er vor sich hin.

Die Brücke wurde dennoch fertig, sogar vor dem Termin. Im September wurde die Fahrbahndecke gegossen, und Jaatinen beschloss, zu seiner eigenen Aufmunterung auf der Brücke eine richtige Sause zu veranstalten. Er besorgte einen stattlichen Vorrat an Getränken und sagte eines Morgens bei Arbeitsbeginn zu den Männern:

»Heute genehmigen wir uns mal anständig einen. Bald ist diese Brücke fertig, und ich gehe weg.«

Das brauchte er den Brückenbauern nicht zweimal zu sagen. Die Männer fingen eifrig an zu trinken und Richtfest zu feiern. Gegen Mittag machte sich eine kleine Gruppe von ihnen ins Kirchdorf auf, um Nachschub an Alkohol zu holen. Bei ihrer Rückkehr berichteten sie, der fröhliche Gesang und der Lärm der Feier seien bis ins Dorf zu hören gewesen.

Jäminki, Roivas, Jokikokko, Ollonen und Rummukainen trafen sich am Nachmittag. Sie horchten mit schräg geneigten Köpfen und höhnischen Gesichtern auf den Spektakel am Fluss. Umgehend zitierten sie den Direktor des Bezirksbüros

des Straßenbauamtes herbei, der auch widerwillig Folge leistete. Die Vertreter der Kommune sagten zu ihm:
»Hören Sie sich mal an, was da los ist.«
Der Bezirkschef lauschte. Es blieb kein Zweifel, auf der Baustelle wurde getrunken, noch dazu heftig und lärmend.
»Dort scheint eine zünftige Feier im Gange zu sein, zweifelsohne.«
»Wir haben ein wenig das Gesetz studiert«, erklärte Jäminki. »Unseres Wissens ist ein Staatsbeamter in solchen Fällen umgehend zu entlassen. Fahren Sie also hin und teilen Sie das dem Ingenieur mit.«
Der Bezirkschef zögerte. Er sollte Jaatinen entlassen?
»Ist das wirklich nötig ..., andererseits ist die Brücke bald fertig, der Mann verlässt in Kürze sowieso das Dorf. Gute Ingenieure sind in diesen Zeiten äußerst knapp, ich möchte Jaatinen nicht gern entlassen.«
»Wir reichen bei der Generaldirektion des Straßenbauamtes gegen Sie Beschwerde ein, wenn Sie nicht sofort die notwendigen Maßnahmen ergreifen«, sagte Jäminki.
»So hart ist also Ihr Standpunkt?«
»Ja, das ist er.«
Mit diesen Worten war Jaatinens Schicksal besiegelt. Der Bezirkschef fuhr zur Brücke, parkte seinen Wagen und stieg aus. Auf der Baustelle ging es in der Tat hoch her. Die Arbeiter tanzten auf dem frisch gegossenen Belag der neuen Brücke, jemand spielte Akkordeon, Ingenieur Jaatinen lärmte zwischen seinen Männern herum, auf der Uferböschung wurde Karten gespielt und unter der Brücke vergnügten sich ein paar Männer mit entgegenkommenden Frauen, die, vom Lärm der Feier angezogen, ihren Weg zur Baustelle gefunden hatten. Gesang und Geschrei schallten weithin über den Wald und die Heide.

Der Bezirkschef nahm Jaatinen beiseite und erklärte ihm:
»Hör zu, Akseli. Es ist so, dass ich dich aus den Diensten des Straßenbauamtes entlasse. Sei nicht böse, die Vertreter der Gemeinde haben mit einer Anzeige gedroht. Und außerdem waren solche Feiern noch nie erlaubt. Du bist also ab sofort ein freier Mann.«
Die Sache war auch nach Jaatinens Meinung völlig klar, aber Manssila machte sich stark:
»Wir streiken, wenn Sie die Entlassung nicht zurücknehmen. Dieser Bauleiter Jaatinen ist der beste Mann, für den ich je gearbeitet habe. Und außerdem haben wir zeitlichen Vorlauf.«
»Leider ist es nicht möglich, in der Sache zu verhandeln. Die Vorschriften des Straßenbauamtes sind völlig eindeutig in ihrer ganzen Strenge.«
Aber als am nächsten Morgen der neue Bauleiter an Jaatinens Stelle zur Brücke kam, waren die Leute nicht bereit, die Arbeit aufzunehmen. Der neue Mann musste eiligst das Bezirksbüro anrufen. Während des ganzen Tages wurde hektisch verhandelt, wobei Jaatinen durch Vertrauensmann Manssila und das Straßenbauamt durch den neuen Bauleiter vertreten wurde. Am Nachmittag willigte das Straßenbauamt ein, dass Jaatinen die Brücke fertig stellen durfte – es fehlte noch die Steinverkleidung der Widerlager, auch mussten die Arbeiten am Geländer und den Zufahrtsstraßen abgeschlossen werden. Das Endergebnis der Verhandlungen war, dass Jaatinens Arbeitsverhältnis mit dem Straßenbauamt sofort nach endgültiger Fertigstellung der Brücke beendet sein würde.
Das war ein schwerer Schlag für Jaatinen.
Er saß in seiner Baubude am Tisch, den Kopf in die Hände

gestützt, und starrte durchs Fenster auf die neue Brücke. Im Fluss trieb Eisschlamm von der ersten Frostnacht des Herbstes. Ein harter, bleicher Fluss; Jaatinen erschien er jetzt wie der Fluss des Totenreiches. Kein Wunder also, dass Jaatinen zwei Tage lang kaum sprach. Er betrachtete traurig die schöne neue Brücke, denn er wusste, dass es die letzte seines Lebens war.

Aber dann war die düstere Phase erst mal vorbei. Jaatinen ließ die Leute noch einmal in zwei Schichten arbeiten, und nach einer reichlichen Woche war die Brücke endgültig fertig. Eigenmächtig bewilligte Jaatinen sämtlichen Männern zu Ehren der geleisteten Arbeit drei Tage bezahlten Urlaub. Als die drei Tage herum waren, trafen aus Helsinki mehrere Bosse ein, um die neue Brücke von Kuusmäki einzuweihen. Die Einheimischen strömten in dichten Scharen herbei, auch Baumeister Kainulainen wagte sich jetzt wieder an den Ort. Jäminki, der Gemeindevorsteher von Kuusmäki, hielt kraft seines Amtes eine Rede:

»Jetzt ist diese Brücke endlich fertig, wobei man sagen muss, dass wir Einwohner von Kuusmäki das Jahr hindurch die Entwicklung auf der Baustelle mit Furcht im Herzen verfolgt haben. Unsere Sorge war umso größer, als wir bereits seit mehr als dreißig Jahren eine neue Brücke für unseren geliebten Blutfluss beantragt hatten, und nun, als endlich mit dem Bau begonnen wurde, traten gleich zu Beginn ein paar unangenehme Dinge auf, die, wie bereits erwähnt, uns Einheimische in jeder Weise beunruhigten. Auf der Baustelle ist es sogar zu einem unschönen Streik gekommen, der trotz seiner Kürze unweigerlich einen traurigen Schatten auf die an sich gute Brücke wirft. Diese, wie einige vielleicht meinen, allzu kritischen Worte gelten keineswegs dem Straßenbauamt

oder seinem Bezirksbüro, das dann ja letztendlich jene Maßnahmen ergriff, die wir hier im Dorf bereits seit dem Frühjahr vorgeschlagen und schließlich verlangt haben. Ein herzlicher Dank also an die hier anwesenden Vertreter des Straßenbauamtes, und willkommen zur Einweihung der für uns so wertvollen Brücke. Und Ihnen, Herr Gouverneur, ebenfalls ein herzliches Willkommen, von der Frau Gouverneur ganz zu schweigen. Seien Sie alle willkommen, danke.«
Jäminki schnitt das quer über die Brücke gespannte blau-weiße Seidenband durch. Die Enden des Bandes flatterten im Wind, eines wickelte sich Jäminki um Hals und Brust. Die Männer vom Brückenbau riefen im Takt:
»Ein Omen, ein Omen!«
Mit dieser Szene endete die offizielle Feier. Während der ganzen Zeremonie hatte Jaatinen in seiner Baubude gesessen und durch das schmutzige Fenster zugesehen, wie man seine letzte Brücke einweihte. Gleichzeitig weihte man ihn zum arbeitslosen Brückenbauingenieur, einen Mann, der dreißig Brücken errichtet hatte. Das Straßenbauamt würde ihn nie wieder einstellen, und von Privat wurden in Finnland keine Brücken gebaut.
Als die Ehrengäste abgefahren waren und die Dorfleute ein paar Runden auf der Brücke getanzt hatten, kamen Manssila und Pyörähtälä zu Jaatinen in die Baubude. Manssila tröstete den finster dreinblickenden Ingenieur:
»Mach dir nichts draus, Jaatinen. Wir sind auch arbeitslos, jetzt, wo die Brücke fertig ist. Die Bauleute werden immer arbeitslos, nachdem sie erst ihre Arbeit getan haben, das ist nun mal ihr Lohn. Daran gewöhnt man sich nie.«
»Ein Ingenieur wird nirgendwo mehr eingestellt, wenn er arbeitslos geworden ist.«

»Gründe eine eigene Firma«, schlug Pyörähtälä vor.
»Lass uns trinken gehen«, wünschte Manssila.
Und so brachen sie zu dritt auf.
Propst Roivas stand am Fenster seines Pfarrhauses und sah auf die Straße, als die drei arbeitslosen Männer auf dem Weg zur Kneipe vorbeieilten. Der Propst empfand zunächst Schadenfreude: hatte man dem Jaatinen doch noch gezeigt, dass mit den Leuten von Kuusmäki nicht zu spaßen war. Dort ging ein arbeitsloser Ingenieur, Gott sei Dank! Ein klein wenig Mitleid mischte sich dennoch in Roivas' Gedanken, er murmelte vor sich hin:
»Lieber Gott, wir sündigen Menschen sind in dieser Sache hoffentlich nicht zu weit gegangen? War eine so schwere Rache in deinem Sinne, haben wir unserem Nächsten Unrecht getan?«
Die Gedanken des Mitleids und der Reue verflüchtigten sich jedoch, spätestens als Roivas sah, dass das Trio den Weg zum Motel einschlug. Der Propst sinnierte zufrieden:
»Und wir Sünder müssen bedenken, dass du, lieber Vater, auch ein Gott der Rache bist.«

12

Jaatinen hatte sich bereits im Sommer, als er in Helsinki gewesen war, im Handelsregister eintragen lassen, halb aus Spaß hatte er den Firmennamen *Nordischer Beton und Lehm* gewählt. Als er jetzt ein arbeitsloser Brückenbauingenieur war, fiel ihm der *Nordische Beton und Lehm* wieder ein. Vielleicht sollte er tatsächlich versuchen, sich mit dessen Hilfe sein Einkommen zu sichern.

Manssila erzählte, dass die Gemeinde Kuusmäki beschlossen habe, unmittelbar im Zentrum ein Wasser- und Abwassernetz sowie eine Kläranlage zu bauen. Das wäre ein großes Bauvorhaben, das auf seinen Auftragnehmer wartete. Und die Männer von Kuusmäki waren arbeitslos, durch den Auftrag der Gemeinde kämen sie wieder in Lohn und Brot.

Jaatinen beschloss, sich Klarheit zu verschaffen. Er marschierte ins Gemeindeamt und trat an den Tisch der Sekretärin:

»Hör zu, Koponen. Ich will Informationen über sämtliche Bauvorhaben der Kommune, in einer Stunde hole ich sie mir ab.«

Als Jaatinen gegangen war, kam Jäminki ins Vorzimmer und fragte, was der Brückenbauingenieur noch im Gemeindeamt zu suchen habe. Die Sekretärin erzählte ihm von Jaatinens Anliegen. Jäminki äußerte:

»Was hat er jetzt wieder vor, was macht ein Ortsfremder mit dem Bauprogramm der Gemeinde Kuusmäki? Das kriegt er nicht.«

»Aber es sind öffentliche Dokumente«, sagte die Koponen.

»Dann gib sie ihm. Welcher Teufel reitet den Mann, kann er dieses Dorf nicht mit Anstand verlassen?«

Nach einer Stunde holte sich Jaatinen die Papiere ab. Tatsächlich ging aus ihnen hervor, dass die Kommune plante, ein zentrales Wasser- und Abwassernetz zu bauen, denn das vorhandene versorgte nur den Bereich um die Gemeinschaftsschule und das Gemeindehaus. Auch eine Kläranlage gehörte zu den nächsten Vorhaben. Später würden noch ein Altenheim und ein neues Schulgebäude errichtet. Jaatinen trat ins Arbeitszimmer von Baumeister Kainulainen. Der erschrak, stand auf und wich an die Wand zurück, aber Jaatinen forderte ihn mit einer Geste auf, sich zu setzen, er selbst nahm ebenfalls Platz.

»Du brauchst keinen unnötigen Schreck zu kriegen. Gib mir die Ausschreibung für die Bauvorhaben des kommenden Winters, das Wasser- und Abwassernetz und die Kläranlage. Die liegt ja wohl vor?«

»Sie liegt vor, aber warum sollte ich sie dir geben ..., es erfolgt eine öffentliche Ausschreibung in der Zeitung, das heißt, sie ist eigentlich schon erfolgt, vor zwei Wochen, allerdings sind noch keine Angebote eingegangen.«

»Gib die Ausschreibung sofort her, und die Zeichnungen auch.«

Jaatinen stand auf und trat zornig gegen das Tischbein, der Telefonapparat fiel herunter. Kainulainen eilte an den Aktenschrank, nahm die geforderten Papiere heraus und überreichte sie Jaatinen:

»Da, nimm, aber du kriegst den Auftrag nicht, das garantiere ich.«

»Halt die Klappe.«

Jaatinen verlangte Einsicht in den Finanzierungsplan, den die Gemeinde für eigene Zwecke aufgestellt hatte, und machte sich einige Notizen. Dann verließ er das Büro. Vom Vestibül des Gemeindeamtes rief er Pyörähtälä an und forderte ihn auf, sofort ins Motel zu kommen.

Bevor Jaatinen ins Motel ging, besuchte er das Papiergeschäft und kaufte einen großen braunen Briefumschlag. Er steckte die Unterlagen, die er bekommen hatte, hinein, adressierte die Sendung mit Namen und Adresse seines Anwalts in Helsinki, versah sie mit den erforderlichen Briefmarken und warf sie in den Postkasten.

In einem Salon des Motels wartete Pyörähtälä. Jaatinen bestellte für ihn und sich selbst einen Lunch. Während des Essens erläuterte er seine Pläne.
»Werde du Bürochef dieser eingetragenen Firma *Nordischer Beton und Lehm.* Aber red vorläufig nicht darüber, ich will nämlich der Kommune unter diesem Firmennamen ein Angebot unterbreiten, und ein zweites, billigeres, unter meinem eigenen Namen. Dein Gehalt beträgt zunächst zweitausend Mark im Monat, und wenn *Beton und Lehm* richtig läuft, kriegst du mehr. Ich fahre nach Helsinki und verkaufe meine Wohnung, damit ich Anfangskapital habe, außerdem verhandle ich wegen Krediten. Du kannst inzwischen einen passenden Büroraum besorgen. Kauf auch die Baubaracke, die wir beim Brückenbau benutzt haben, und miete in der Stadt Bagger und anderes Gerät, hier ist die Liste. Ich gebe dir jetzt ein paar tausend Mark, führe sorgfältig Buch über die Ausgaben.«
Nach dem Essen verschwand Jaatinen in Richtung Helsinki und blieb eine Woche weg. Als er zurückkam, hatte er inzwischen sein Angebot für den Bau des Wasser- und Abwassernetzes und der Kläranlage von Kuusmäki erstellt. Die Endsumme betrug knapp über 3,2 Millionen Mark, es war dieselbe Summe, die die Gemeinde in ihrem eigenen Finanzierungsplan für den Zweck eingesetzt hatte.
Gleichzeitig hatte Jaatinens Anwalt das Angebot der Firma *Nordischer Beton und Lehm* nach Kuusmäki abgeschickt. Dieses Angebot war detaillierter, natürlich hatte Jaatinen auch das selbst berechnet und erarbeitet. Auch hier hielt er sich an die Richtlinien des Finanzierungsplans der Gemeinde, jedoch so, dass die Endsumme bei etwa 3,8 Millionen Mark lag.

Jaatinen überbrachte sein eigenes Angebot persönlich im Gemeindeamt. Irene Koponen schrieb ihm eine Quittung aus, er sah die Sekretärin böse an. Sie erbebte und zog sich mit glühenden Wangen an ihren Schreibtisch zurück.
Auch Pyörähtälä war tätig geworden. Es war ihm gelungen, in der oberen Etage des Gebäudes der Genossenschaftsbank zwei Räume als Büro anzumieten, ferner hatte er eine Rechen- und eine Schreibmaschine besorgt, sogar ein Telefon hatte er über das Ortsnetz von Kuusmäki anschließen können. Die Miete hatte er für mehrere Monate im Voraus bezahlen müssen, denn der Direktor der Genossenschaftsbank hielt es für unwahrscheinlich, dass Jaatinen den Bauauftrag von der Gemeinde bekommen würde, und auch sonst glaubte niemand im Dorf daran. Jäminki und viele andere Männer hatten verkündet, es komme nicht infrage, dass man Jaatinen nach all den Scherereien auch noch kommunale Bauaufträge gebe. Nicht ums Verrecken.
Jaatinen hatte in Helsinki seine Wohnung verkauft, er war sie schnell losgeworden, da er im Preis ein wenig heruntergegangen war. Dann hatte er mit Geldinstituten lange und zermürbende Verhandlungen über die Finanzierung der künftigen Baustelle geführt. Das Ergebnis war, dass man ihm eine halbe Million Mark Kredit versprochen hatte. Das Geld würde er jedoch erst dann bekommen, wenn der Auftrag sicher sei. Diesbezüglich war die Situation also noch offen, würde es womöglich auch bleiben.
»Sie wollen also mit gemieteten Maschinen und mithilfe von Schuldkapital als neuer Unternehmer anfangen ..., eine böse Sache. Aber versuchen Sie es. Wenn Sie den großen Auftrag bekommen, beleihen wir Ihnen ein Viertel davon. Vermutlich gibt es aber in keiner Gemeinde so gutgläubige Abgeord-

nete, dass sie einer unbekannten Firma einen so großen Bauauftrag erteilen würden.«
So redeten die Vertreter der Geldinstitute.
Endlich kam der Tag, an dem sich die Bauern von Kuusmäki versammelten, um über das Wasser- und Abwassersystem und die Kläranlage ihrer Gemeinde zu entscheiden. Sie wussten, dass zumindest Jaatinen ein Angebot auf dem Gemeindeamt eingereicht hatte ..., ein unglaublich starrsinniger Versuch, fanden die Bauern. »Denkt der verrückte Ingenieur, wir geben ihm tatsächlich den Auftrag?«
Baumeister Kainulainen trug die Sache vor. Es waren nur drei Angebote eingegangen. Als erstes von Brückenbauingenieur Akseli Jaatinen (Gelächter), dann das einer Firma namens *Nordischer Beton und Lehm* und schließlich noch das vorläufige Angebot einer Baufirma aus Helsinki. Dieses letztere hatte einen Preis von mehr als vier Millionen Mark, sodass es für die Kommune nicht infrage kam. Das Angebot von Ingenieur Jaatinen war am preisgünstigsten, 3,2 Millionen Mark, und das von *Beton und Lehm* um einiges teurer, es belief sich auf 3,8 Millionen. Kainulainen verlas beide Angebote und erläuterte die Details. Die Bauern stellten pro forma ein paar Fragen, bis Jäminki sagte:
»Kennt einer von euch diese *Nordischer Beton und Lehm?* Mir kommt der Name der Firma bekannt vor, sie gilt ja wohl als solide und korrekt.«
So dachten auch die anderen. Der Preis erschien ihnen jedoch recht hoch, wenn sie ihn mit Jaatinens Angebot verglichen. Baumeister Kainulainen bat ums Wort:
»Man muss bedenken, dass Jaatinen Brückenbauingenieur ist, da kennt er sich in Fragen der Kanalisation unmöglich so aus wie eine Firma, die darauf spezialisiert ist. Und außerdem

kennt Jaatinen womöglich den Finanzierungsplan der Gemeinde, vielleicht hat er sich kaltschnäuzig an meine Berechnungen angelehnt, um den Auftrag zu bekommen. Ich finde, die Gemeinde muss jetzt einen vernünftigen Entschluss fassen. Wir kennen diesen Jaatinen seit dem letzten Frühjahr, haben wir nicht alle genug von diesem ›ausgezeichneten‹ Ingenieur?«

»Eine gute Brücke hat er uns gebaut«, sagte der Abgeordnete Manssila.

Der Vorsitzende Jäminki schlug mit dem Hammer auf den Tisch:

»Bring die beiden Sachen jetzt nicht durcheinander, Manssila. Der Brückenbau steht nicht auf der Tagesordnung. Legen wir also das Angebot von Jaatinen als ..., sagen wir, mangelhaft beiseite, ebenso dieses teure Angebot, und befassen uns näher mit dem der *Nordischen Beton und Lehm*?«

So geschah es. Die Gemeindevertretung prüfte die Unterlagen von *Beton und Lehm* länger als eine Stunde, und schließlich wurde mit dem Hammer des Vorsitzenden der Entschluss bekräftigt, demzufolge die Gemeinde Kuusmäki der betreffenden Firma ihr aktuelles Bauvorhaben übertrug. Die Sitzung wurde beendet, die Teilnehmer gingen Kaffee trinken.

»Jetzt wird der Jaatinen dumm gucken«, frohlockten die Bauern.

Jäminki sagte:

»In diesem Dorf haben bisher keine unpatriotischen Elemente gehaust, und so wird es auch in Zukunft bleiben.«

Am folgenden Tag reiste Jaatinens Anwalt aus Helsinki an, um für die *Nordische Beton und Lehm* den verbindlichen Vertrag zu unterzeichnen. Die Gemeinde wurde bei dem Akt durch ihren Vorsteher Jäminki sowie durch Baumeister Kainulainen vertreten. Als die Namen auf dem Papier standen, schüttelten sich die Partner die Hände. Jäminki lud Jaatinens Anwalt zu Ehren des guten Geschäftes ins Motel zum Lunch ein, und noch während des Essens überbrachte die Gemeindesekretärin dem Anwalt einen Scheck über zweihunderttausend Mark, als erste Anzahlung auf den Vertrag. Jäminki und Kainulainen äußerten den Wunsch, dass die Arbeiten, dem Bauplan entsprechend, baldmöglichst aufgenommen werden sollten.

So geschah es.

Die von Pyörähtälä gemieteten Fahrzeuge, ein Bagger und zwei Lastwagen, kamen schon am folgenden Morgen ins Dorf gedonnert. Jaatinen stellte umgehend etwa zehn der nach dem Brückenbau arbeitslos gewordenen Männer bei sich ein.

Grenzenlos war das Erstaunen der Dorfbewohner, als Jaatinen mit seinen Männern zu den fremden Fahrzeugen stiefelte und an ihnen Aufkleber der Firma *Nordischer Beton und Lehm* befestigte.

Jaatinen schwang sich gewandt ins Führerhaus des Baggers, warf den dröhnenden Diesel an, hob die Schaufel hoch und stieß sie dann kräftig in die Straße. Der Asphalt splitterte, der Stahl drang in die Erde von Kuusmäki ein, die Straße riss gleich beim ersten Hieb. Manssila und Pyörähtälä holten rotgelbe Sperrschranken, und Kommissar Kavonkulma befestigte an ihnen Verkehrsschilder, die die Hauptstraße des Kirchdorfes einspurig machten.

Als man im Gemeindeamt dies alles durchs Fenster beobachtete, geschah Folgendes: Die Sekretärin Irene Koponen rannte auf die Toilette und heulte, Vorsteher Jäminki stürzte zu Baumeister Kainulainen ins Zimmer und blieb dort; durch die geschlossene Tür drang lautes Gebrüll. Noch am selben Tag erfuhr man, dass Baumeister Kainulainen seine Entlassung eingereicht habe, und unmittelbar auf der nächsten Sitzung des Gemeinderates wurde seine Entlassung einstimmig angenommen. Kainulainen verschwand zwei Wochen später aus Kuusmäki und wurde nie wieder dort gesehen.

Aber Jaatinen drückte seinen schmutzigen Gummistiefel auf das sandige Gaspedal des großen Baggers, die Hydraulik ließ die breite Schaufel hochfahren wie den Kopf einer schrecklichen Riesenechse, der schwere Diesel dröhnte, aus dem Auspuff am Dach des Baggers strömte eine glimmende Funkendusche in die klare Luft und die Schaufel grub sich tief in die gefrierende Erde. Der Boden bebte, als sich die Schaufel mit einem Kubikmeter Kies und Steinen wieder hob, ein Kabel riss knackend wie die Wurzel einer Butterblume, und im Gemeindeamt gingen auf einen Schlag sämtliche Lichter aus, bei den elektrischen Schreibmaschinen brach die Stromzufuhr ab und die Gemeindesekretärin Irene Koponen schluchzte weiter in der nunmehr stockdunklen Toilette.

13

Jaatinen organisierte seine Baustelle, so gut es irgend ging. Zunächst suchte er am Rande des Kirchdorfes nach einem geeigneten Lagergelände und fand es auch bald. Etwa einen Kilometer vom Zentrum des Dorfes entfernt lag ein alter verlassener Flugplatz, irgendwann nach dem Krieg für den Segelflug in die sandige, weite Heide gebaut. Jetzt wuchsen bereits Sträucher auf den Pisten, niemand benötigte mehr das Gelände. Jaatinen kaufte es für eine geringe Summe dem Flugzeugklub ab, der den Platz seinerzeit geschenkt bekommen hatte. Das Luftfahrtinteresse war in Kuusmäki weitgehend eingeschlafen, sodass die noch lebenden Vorstandsmitglieder ohne weiteres das Geschäft mit Jaatinen tätigten; dadurch hatte ihr Klub zum ersten Mal während seines Bestehens ein wenig Geld flüssig. Die ehemaligen Hobbyflieger von Kuusmäki beschlossen, den Verein aufzulösen und das Geld aus dem Verkauf des Platzes für ein Abschiedsessen auszugeben. Nach der Mahlzeit sangen sie gemeinsam ein Lied über die Schönheit des Fliegens.

So schrieb Jaatinen also die letzte Seite der Geschichte der Luftfahrt von Kuusmäki, und gleichzeitig begann er die erste Seite der Geschichte der Industrialisierung: Er machte aus dem alten Flugplatz das Zentrallager seiner Firma, ließ ein paar Baracken errichten und gründete eine kleine Kantine. Auch eine Reparaturwerkstatt für Bagger entstand dort draußen, und die kleineren Defekte wurden von nun an in Kuusmäki behoben.

Im November verlegte Jaatinen seinen privaten Wohnsitz in die obere Etage der Genossenschaftsbank. Der Direktor vermietete der Firma zusätzlich zum Büro bereitwillig zwei weitere Räume. Jaatinens unverschämter Coup mit seinem Wettbewerbsangebot hatte den Bankdirektor tief beeindruckt. »Der Genossenschaftsgedanke ist ein dehnbarer Begriff«, sagte er zu Bauer Jäminki, als dieser die Vernünftigkeit seiner Entscheidung unter ideellem Aspekt infrage stellte.

Die Arbeiten gingen zügig voran. Bald konnte Jaatinen auch

die restlichen Leute vom Brückenbau bei sich einstellen, sodass er zwanzig Mann für die Kanalisationsarbeiten zur Verfügung hatte. In das Flugplatzlager strömten währenddessen Produkte aus den verschiedensten Fabriken: Betonrohre, dicke Kunststoffrohre, riesengroße Ventile, Leichtbetonziegel, Bretterware, Schweißtransformatoren, Baustahl, Zement, Kalk ... LKW-Türen knallten, Kräne entluden Lasten, die blauen Dämpfe der Ligroine hingen in der frostigen Novemberluft.

Der Rhythmus der Arbeiten störte zeitweilig den Verkehr im Kirchdorf so erheblich, dass sich die Leute bei Kommissar Kavonkulma beschwerten. Aber der Kommissar kümmerte sich nicht um die Klagen, sondern sagte nur:

»Es ist nicht Aufgabe der Polizeibehörden, sich mit den unerheblichen Belastungen zu befassen, die unternehmerische Tätigkeit mit sich bringt.«

Die Wasserentnahme und das Klärwerk wurden am Fluss errichtet. Für die Rohre musste ein Kanal durch einen felsigen Hügel getrieben werden. Also wurde eine Sirene angeschafft, mit der nun täglich vor den Sprengungen Warnsignale gegeben wurden. Man rückte dem Felsen mit Dynamit zu Leibe, der Hügel wich aus dem Weg, die Gesteinsbrocken wurden auf Autos verladen und weggefahren. Manchmal bestückte Jaatinens Sprengmeister in der Eile die Bohrlöcher wohl mit etwas zu starken Ladungen, und dann warfen sich die Dorfbewohner vor Schreck bäuchlings auf die Erde und dachten, ihr letztes Stündlein habe geschlagen, denn die Explosionen in dem felsigen Hügel ließen die Erde beben, wie es manch einer im Krieg an der Front erlebt hatte. Als Jaatinen für den weiteren Verlauf des Rohrkanals dicht am Grundstück des Gemeindeamtes sprengen musste, forderte er die Mitarbeiter des Amtes auf, für die Zeit der Sprengung sicherheitshalber das Haus zu verlassen. Die Sekretärin Irene Koponen und die übrigen Büroangestellten befolgten seine Anweisung, doch Jäminki sagte zu Jaatinen:

»Ich gehe nirgendwohin. Nimm nicht so starke Ladungen, damit die Sicherheit der Leute nicht gefährdet ist.«

»Der Fels gehorcht nicht auf bloßes Flüstern, im Interesse der Sicherheit ist es besser, alle entfernen sich.«

Jäminki war nicht bereit, sein Zimmer zu verlassen. Jaatinen ließ ihn in Ruhe und bereitete zusammen mit dem Sprengmeister die Ladungen vor. Aus der Grube sah er, wie Jäminki in seinem Zimmer saß und in Papieren blätterte.

Als die Ladung fertig war, ließ Jaatinen wie gewohnt die Sirene heulen. Der Klagelaut dauerte lange an, die Männer in der Grube zogen schon vorsorglich die Köpfe ein. Jaatinen sah noch einmal zum Gemeindeamt hoch und erschrak: Jäminki hatte doch noch sein Zimmer verlassen. Plötzlich erschien er auf der Treppe, sah sich suchend nach einem Schutz um – und in dem Augenblick erfolgte die Explosion. Das Dynamit sprengte den Felsen in Serienschaltung, der Boden bebte, Jäminki stürzte die Stufen hinunter und auf den Hof, wo es Erde und kleine Steinsplitter regnete. Und dann hörte das Dröhnen auf, die Sirene blies das Schlusssignal. Jäminki stand auf, er war ganz blass, seine Hose und seine Jacke waren mit Erde und Schmutz bedeckt.

»Dass du so schnell sprengen musstest«, sagte er verwundert zu Jaatinen. Nachdem er sich gesäubert hatte, stieg er in sein Auto und fuhr nach Hause, für diesen Tag hatte er offenbar genug von seiner kommunalen Tätigkeit.

In der Lokalzeitung erschienen Fotos von den einzelnen Arbeitsphasen und sogar ein Interview mit Jaatinen. Aber in den Leserzuschriften wurde behauptet, die Baustelle sei gefährlich. Als diese Schreiben immer wieder erschienen, schickte Jaatinen seinen Bürochef in die Redaktion. Chefredakteur-Finanzleiter Itkonen, ein pensionierter Lehrer, verwies auf die Pressefreiheit und die journalistische Ethik, doch als Pyörähtälä sich anbot, die ganze Zeitung zu kaufen, interessierte sich dieser ethisch aufgeklärte Journalist dermaßen für das Geschäft, dass er mit Jaatinen in Verhandlungen trat. Jaatinen kaufte dann auch für zwanzigtausend Mark Anteile der Zeitung, das war ein Drittel des gesamten Aktienbestandes. Chefredakteur Itkonen veröffentlichte anschließend keine gegen Jaatinen gerichteten Zuschriften mehr, sondern konzentrierte sich darauf, im Motel zu sitzen, sogar so fleißig, dass sich die Zeitung mehrmals verspätete und einmal überhaupt nicht erschienen wäre, hätte nicht Pyörähtälä die Situation gerettet und einen ganzseitigen Bericht über die Firma *Nordischer Beton und Lehm* geschrieben.

Die Dorfbewohner verfolgten das Baugeschehen mit Staunen; Jaatinen und seine Taten waren das beliebteste Gesprächsthema in Kuusmäki. Man diskutierte, prophezeite ihm den Konkurs, ein schmutziges Ende für die gigantische Baustelle.

Der Klatsch besagte, dass Jaatinen ein Säufer und Ehebrecher sei, außerdem eindeutiger Kommunist und Verräter seiner Klasse ..., und ein Erpresser, sogar Vergewaltiger, denn Frau Leea Rummukainens Fall war allen wohl bekannt. Auch die Verführung der Gemeindesekretärin Irene Koponen beschäftigte weiterhin die Leute. Als arm bezeichneten sie Jaatinen nicht mehr, er hatte sich zwar kein Auto angeschafft, aber alle wussten gut, dass er das Wettbewerbsangebot seines Lebens errechnet hatte, wodurch er sich den Bauauftrag der Gemeinde im Handstreich gesichert hatte. Manche nannten Jaatinen einen »Millionenräuber«, und so ganz unbegründet war die Bezeichnung wohl nicht. Die Leute erinnerten sich auch an Baumeister Kainulainen, die Vernichtung dieses Mannes, fanden sie, ging allein auf Jaatinens Konto.

Manchmal kamen die Leute mit diesen Klatschgeschichten direkt zu Jaatinen. Er reagierte auf solche Aussagen gönnerhaft gelassen und sagte nur:

»Dies ist erst der Anfang. Die ganze Gemeinde, alle Leute von Kuusmäki, werden noch erleben, mit wem sie sich angelegt haben. Ich zeige es ihnen, und dafür brauche ich nicht mal lange.«

So kam Weihnachten heran.

Am Heiligabend fuhr Jaatinen mit dem Bagger in den Wald hinter dem Flugplatz und holte sich einen kleinen, hübschen Weihnachtsbaum. Er grub die Fichte mitsamt der Wurzel aus der Erde, schüttelte sie ein wenig in der Baggerschaufel und kehrte dann ins Kirchdorf zurück. Er summte ein fröhliches Weihnachtslied vor sich hin, während er auf seinem schwankenden Gefährt die schneebedeckte Straße entlangfuhr. Vor dem Konsumladen im Dorf hielt er an und ging hinein, um sich ein wenig Baumschmuck zu kaufen. Als er wieder herauskam, traf er vor dem Laden auf Frau Leea Rummukainen.

»Frohe Weihnachten, Leea!«

»Frohe Weihnachten, Akseli. Und verzeih mir die damaligen ...«

»Was meinst du?«

»Nun, dass ich gesagt habe, du hättest mich auf der Insel gefangen gehalten ..., ich hatte solche Angst, dass wir beide erschossen werden ... Ich bin keine so schlechte Frau, wie du jetzt denkst.«

Jaatinen winkte ab, das waren alte Geschichten!

Frau Leea Rummukainen schob ihm eine kleine Rolle zu. Es war ein Weihnachtsgeschenk, aha, ganz zufällig hatte sie also nicht vor dem Laden gestanden. Jaatinen war verwundert, nahm die Mütze ab und bedankte sich. Frau Rummukainen errötete und machte sich dann schnell mit ihrem Tretschlitten auf den Weg. Jaatinen sah ihr nach, sie wirkte merkwürdig füllig in ihrem Mantel. Dann entdeckte er den Grund für ihre Fülligkeit: Sie war schwanger! Sieh an, hatte Direktor Rummukainen nach dem Herbst also doch noch etwas zustande gebracht. Ein Anflug von Eifersucht trübte Jaatinens Weihnachtsstimmung. Er kletterte ins Fahrerhaus des Baggers und fuhr auf den Hof der Genossenschaftsbank; dort klemmte er sich den Weihnachtsbaum unter den Arm, ging nach oben in seine Wohnung und öffnete das kleine Päckchen von Leea. Es enthielt mehrere gute Zigarren. Vortrefflich, wahrhaft vortrefflich! Eine Zigarre kultiviert das Weihnachtsfest eines einsamen Mannes auf angenehmste Weise.

14

»Diese Gemeinde kriegt von mir so einen Denkzettel, dass ganz Kuusmäki in die Knie geht.«

Mit diesen Worten eröffnete Jaatinen eines Abends im Janu-

ar eine kleine geschlossene Versammlung im Dachgeschoss der Genossenschaftsbank. Außer ihm selbst waren nur Manssila und Pyörähtälä anwesend.
»Hier ist das Verzeichnis von dreißig Organisationen. Mein Plan ist, dass wir die wichtigsten von ihnen besetzen. Im kommenden Herbst gibt es Kommunalwahlen, daher diese Offensive. Die *Nordische Beton und Lehm* wird ihre Tätigkeit in Kuusmäki auch nach Abschluss der jetzigen Arbeiten fortsetzen, ich weiß nur noch nicht, in welcher Form. Aber die Sache kann schwierig werden, wenn wir nicht über die Angelegenheiten der Gemeinde auf dem Laufenden sind, und das wiederum funktioniert am besten, wenn wir in die hiesigen Organisationen eindringen.«
Manssila und Pyörähtälä waren derselben Meinung. Hinein ins Vereinsleben, bald kam auch die Zeit der Jahresversammlungen!
Sie begannen, die Organisationen unter sich aufzuteilen.
Wie sie feststellten, war Manssila bereits Mitglied der Gemeindevertretung und des Gemeinderates sowie Vorsitzender der Fraktion des linken Bündnisses der DEMOKRATISCHEN UNION. Außerdem war er Vorsitzender des örtlichen Gewerkschaftsverbandes. Aber das würde nicht reichen. Jaatinen schlug vor:
»Kannst du nicht in den Bauernverein eintreten? Du hast ja einen kleinen Hof. Und dem Verein der Unteroffiziere der Reserve kannst du dich bestimmt auch anschließen, du bist im Krieg immerhin Sergeant gewesen. Außerdem solltest du auch noch zu den Frontveteranen gehen.«
»Bei den Unteroffizieren der Reserve nehmen sie mich bestimmt nicht«, meinte Manssila zweifelnd.
»Laut Statut müssen sie dich nehmen, es ist eine überparteili-

che Organisation, zumindest offiziell. Die Tatsache, dass du ein Linker bist, darf sich nicht auswirken. Werd also da Mitglied und versuch, in den Vorstand zu gelangen. Wenn dir noch Zeit bleibt, dann geh auch in den Pferdezüchterverein. Du hast bestimmt mal ein Pferd gehabt?«

Es stellte sich heraus, dass Manssila bis vor drei Jahren ein Pferd besessen hatte, es vielleicht immer noch besitzen würde, hätte Direktor Rummukainen es nicht als vermeintlichen Elch bei einer Jagd erschossen.

»Dich, Pyörähtälä, habe ich für den Lions Club von Kuusmäki vorgesehen. Du bist ja immerhin Bürochef, heb das hervor, dann nehmen sie dich auf. Und weil du als Einziger von uns in der Kirche bist und singen kannst, gehst du zu den Proben des Kirchenchores. Du müsstest außerdem noch in den Abstinenzlerverein eintreten, das klappt bestimmt problemlos, wenn du sagst, dass du dir vorgenommen hast, weniger zu saufen. Wenn du erst drinnen bist, dann bemüh dich um Mitgliedschaft im Abstinenzausschuss der Gemeinde. Es kann sich unter Umständen als sehr nützlich erweisen, wenn wir einen offiziell abstinenten Mann in unserer Firma haben.«

Manssila und Pyörähtälä wollten wissen, welchen Organisationen Jaaatinen selbst beizutreten gedachte.

»Auf der Liste bleiben auch für mich noch genug wichtige Vereine. Ich gehe in den Rotary Club, in den Verein der Reserveoffiziere von Kuusmäki, die lokale Organisation von ›Rettet die Kinder e. V.‹, die Jagdgesellschaft, und außerdem versuche ich – und es wird auch klappen –, in den Vorstand des Sportvereins von Kuusmäki zu gelangen.«

Pyörähtälä gab zu bedenken, dass es für Jaatinen schwierig werden dürfte, den Reserveoffizieren beizutreten, denn seines Wissens sei Jaatinen gar kein Offizier, sondern einfacher Soldat.

»Einigen wir uns doch jetzt hier, dass ich Offizier bin. Leutnant, sagen wir zum Beispiel.«

»Und die Waffengattung und der Ausbildungsort? Danach fragen sie dich auf jeden Fall«, meinte Manssila.

»Leutnant der Panzerkräfte, Parola. Ich werde mich an Kavonkulma wenden, er kann mich bei den Reserveoffizieren einführen.«

Als die Organisationen verteilt waren, schlug Jaatinen vor, dass die Firma *Nordischer Beton und Lehm* in eine Aktiengesellschaft umgewandelt würde. Zu dritt beschlossen sie es, und gleichzeitig wurde Manssila zum Werkmeister ernannt. Pyörähtälä sollte sich um die praktischen Seiten der Firmenumwandlung kümmern.

15

Im Februar beschlossen die Rotarier von Kuusmäki, einen Wohltätigkeitseinsatz im Haus der Witwe Reivilä durchzuführen – übrigens jener Witwe, deren Sohn der Kommissar vor reichlich einem Jahr halb blind geprügelt hatte. Kommissar Kavonkulma war »verhindert«, er hatte leider gerade an diesem Sonntag Dienst auf dem Revier. Ansonsten nahmen die Rotarier vollzählig teil, unter ihnen Jaatinen – die Rotarier hatten ihn auf Kavonkulmas Vorschlag hin zum Mitglied berufen.

Propst Roivas, der Präsident der Rotarier, war gegen die

Hilfsaktion gewesen, und zwar deshalb, weil solche Betätigungsformen nicht eigentlich zum Vereinsbild der Rotarier, sondern dem der »Löwen« gehörten, aber man hatte ihn mit dem Hinweis umstimmen können, dass öffentliche Wohltätigkeit billiger sei als heimliche und dass das Ergebnis somit im Vergleich zur aufgewandten Mühe besser sei. Jetzt war man also einträchtig zur Witwe Reivilä unterwegs. Der Haupttrupp legte die paar Kilometer vom Dorf bis zum Hof der Witwe mit dem Auto zurück, und ungefähr fünfzehn Minuten später traf Ingenieur Jaatinen auf dem Fahrrad ein, mit Ohrenschützern, Fäustlingen aus Hundefell und gefrierendem Atem.

Man hatte vor, das Haus der Witwe zu renovieren, das in den letzten Jahren recht heruntergekommen war. Logisch, dass die alte Frau ihr Haus nicht allein in Schuss halten konnte, und von dem einäugigen Sohn hatte sie nicht viel Hilfe zu erwarten, sondern höchstens Sorgen.

Die Witwe hatte für die zwanzig Gäste Kaffee gekocht. Der große Kaffeetisch füllte fast die ganze Stube aus. Die hinkende Frau brachte die Kannen, trug den Männern, die an der Wand saßen, die Tassen hin, bediente alle, so gut sie konnte. Der halb blinde Sohn hockte, erschüttert von der Vielzahl der Gäste, in der Schlafkammer, das übrig gebliebene gesunde Auge funkelte erschrocken aus der Ecke. Die feinfühligen Rotarier sprachen ihn gar nicht erst an, sondern sagten nur:

»Der junge Mann ist anscheinend ein bisschen schüchtern.«

Als der Kaffee getrunken war, machten sich die Rotarier eifrig an die Arbeit. Einige gingen in den Kuhstall, um den bereits gefrorenen Dung in den Mistschuppen zu schaufeln, andere spalteten Brennholz, und wieder andere kletterten aufs

Dach, um den Schnee herunterzuschaufeln. Ein Helfer trug die Matratzen zum Auslüften auf den Hof.
Unglücklicherweise hieb der Letztere so heftig auf die Matratzen ein, dass der mürbe Bezugsstoff riss und die uralte Spreu auf den Hof rieselte, von dort verteilte sie der winterliche Wirbelwind über die nähere Umgebung. Der Vorfall war Anlass zu einer kleinen Beratung: Man beschloss, neue Schaumgummimatratzen anzuschaffen und sie der Witwe kostenlos zur Verfügung zu stellen. Im Hochgefühl des eigenen Wohlwollens trugen die Männer gleich alle übrigen Matratzen aus dem Haus, schlitzten sie energisch auf und schütteten die Spreu in eine Ecke des Schuppens. Jemand kam auf die Idee, den Bezugsstoff in dünne Streifen zu reißen, da hätte die Witwe gleich eine ordentliche Menge Material zum Teppichweben. Im Sommer könnte sie den Webstuhl in der Arbeitsstube des Pfarrhauses nutzen, sie wäre jederzeit dort willkommen!
Nun wurden Töpfe mit Farbe aus den Autos geholt, man riss in der Stube die Tapete herunter und tünchte anschließend die Wände frisch an. Die Farbroller schmatzten glücklich, auch der Fußboden bekam Kleckse ab, denn man konnte ihn nicht schützen, da die Witwe keine Zeitung hielt. Im Dämmerlicht des Wintertages begannen die Wände hell zu leuchten. Allerdings musste sich die Witwe in die Schlafkammer zu ihrem einäugigen Sohn zurückziehen, denn der Terpentingeruch legte sich ihr dermaßen auf die asthmatische Brust, dass sie wegen des ständigen Hustens beim Abwaschen nicht die Kaffeetassen halten konnte.
Jaatinen schlenderte in den Kuhstall, wo Propst Roivas hartnäckig mit dem Eispickel gefrorenen Dung zerhackte und die Stücke mit seinen schwarzen Pantinen in den Mistschuppen

schoss wie den Puck beim Eishockey. Die große Tür des Mistschuppens stand sperrangelweit offen, eisige Kälte drang in den Kuhstall. Jaatinen schloss die Tür.

»Mach nicht zu, du siehst doch, dass ich schwitze, und außerdem stinkt es hier. Du behinderst die Hilfsaktion, kannst du dir nicht auch eine Beschäftigung suchen?«, nörgelte Roivas.

Jaatinen öffnete die Tür trotzdem nicht, sondern sagte, dass die beiden Kühe der Witwe Milchfieber bekommen, wenn sie sich in der Zugluft erkälten.

»Ach so ..., das habe ich nicht bedacht.«

Jaatinen fragte, warum die Witwe nicht Wald verkaufe und ihr Haus selber in Ordnung bringe. Der Propst erzählte, die Frau besitze keinen ordentlichen Wald, nur dichten Jungwuchs. Die Holzfirmen seien nicht an Geschäften mit ihr interessiert. Schichtholz wäre vorhanden, aber das Besitztum der Witwe sei so klein, dass die großen Konzerne den Handel für unvorteilhaft hielten, zumal der Sohn keine entsprechenden Waldarbeiten ausführen könne, besonders seit er die Sehschwäche habe.

Jaatinen ließ den Propst an der Tür des Mistschuppens weiterschwitzen. Er selbst ging in den verschneiten Wald und sah sich die Bäume an. Es war in der Tat dichter junger Kiefernbestand, die Stämme bestens geeignet als Stützbalken auf Baustellen. Jaatinen beschloss, die Witwe zu fragen, ob sie ihm fünfzig Kubikmeter davon verkaufen würde, da hätte sie für lange Zeit genügend Geld, und der Zustand des Waldes würde sich durch das Auslichten nur verbessern.

Jaatinen kehrte wieder auf den Hof zurück. Dort reparierte er die Winde des Brunnens und nagelte einen neuen Deckel zusammen, er besserte die Stufen vor dem Haus aus und brachte ein Geländer an, damit die gehbehinderte Frau nicht jedes Mal ihr Leben riskierte, wenn sie aus der Tür trat. Und dann schaffte er es noch, zum Schutz vor dem Frost hohe Schneewälle bis zu den Fenster aufzutürmen, den Weg vom Hof bis zum Milchbock freizuschaufeln, den Milchbock, der eingestürzt war, zu reparieren, und schließlich, bevor er hineinging, noch die Tür des Schuppens zu richten; er fertigte aus seinem Gürtel neue Lederscharniere und nagelte sie fest, denn die alten, eisernen waren verrostet und in den Schnee gefallen.

Als sich die Männer zur Abfahrt auf dem Hof versammelten, erkundigte sich Jaatinen bei Roivas, warum man die Witwe und ihren Sohn nicht aufgefordert hatte, ins Altenheim des Kirchdorfes zu ziehen. Roivas murmelte:

»Die Frau Reivilä hat die Aufnahme ja ein paarmal beantragt, aber es war nicht recht möglich, den Antrag zu berücksichtigen. Das Haus ist sowieso voll belegt, und der Junge hat diese Neigung zu Tieren ..., auch die Frau selbst ist möglicherweise ein bisschen eigenartig. Und sie haben ja hier ihren Hof, aus dem sie etwas machen können, besonders jetzt, da wir gemeinsam gekommen sind und alles gründlich in Ordnung gebracht haben.«

Als die Rotarier abgefahren waren, saß die Witwe ratlos da. Im Geruch der starken Farben hustete sie verzweifelt vor sich hin. Der Sohn holte einen Eimer Wasser aus dem Brunnen herauf, und das war kein Problem, jetzt, da Jaatinen die Winde repariert hatte, aber im Wasser schwamm Spreu aus den zerrissenen Matratzen, ohne gründliches Filtern ließe sich damit kein Essen kochen. Auf jeden Fall heizten Mutter und Sohn den Ofen, denn der Frost draußen verschärfte sich. Doch sowie der Ofen heiß wurde, mussten sie das Feuer wieder löschen, denn die frische Farbe hinter dem Ofen begann brenzlig zu riechen. Die Witwe bekam solche Angst vor einem Wohnungsbrand, dass sie Herztropfen nehmen musste.

Witwe Reivilä schloss sorgfältig die Türen. Warmes Essen würde es an diesem Sonntag nicht geben. Sie machte für sich und ihren Sohn ein paar belegte Brote zurecht, und die kauten sie zum Tagesabschluss, bis die Zeit des abendlichen Melkens kam. Als die Witwe ihre Kühe gemolken hatte, wollten sie und ihr Sohn schlafen gehen, doch nun merkten sie, dass sie keine Matratzen hatten. Draußen knackte ein strenger Frost, und die beiden saßen in Mänteln auf den Sprungfedern des Bettgestells, bis die Nacht kam, und es drinnen mittlerweile so kalt war, dass sich das Spreuwasser auf der Herdplatte mit einer dicken Eisschicht überzog. Da blieb Mutter und Sohn nichts weiter übrig, als in den Kuhstall zu gehen, doch auch dort war es kaum wärmer, weil Propst Roivas am Tag so intensiv gelüftet hatte. Der Sohn holte die Spreu aus dem Schuppen, die die Männer am Tag dort hineingeschüttet hatten, die Mutter verteilte sie zu beiden Seiten einer der Kühe, und dann legten sich beide dort schlafen; die Kuh war wie eine große, atmende Brandmauer, sie gab Sicherheit in der finsteren Winternacht.

»Weck aber ja nicht die Mielikki!«

Am Morgen kam Pyörähtälä, um mit der Witwe das Holzgeschäft abzuschließen, er brachte die neuen Matratzen mit. Der Ofen konnte wieder geheizt werden, und das Leben im Hause der Reiviläs kam in Gang, besonders, da der Waldverkauf einen tüchtigen Batzen Geld abgeworfen hatte. Noch am selben Tag ging die Witwe mit ihrem Sohn ins Kirchdorf zum Einkaufen, man hatte sie dort zuletzt im vergangenen Herbst gesehen, als sie Preiselbeeren an den Konsum verkauft hatte.

16

Jaatinen fuhr zum Flugplatz, schob sein Fahrrad aufrecht in eine Schneewehe und sah eine Weile zu, wie der große Bagger eine Grube in der gefrorenen Erde aushob. An jener Stelle sollte eine neue Lagerbaracke entstehen. Obwohl es tiefster Winter war, konnte der Bagger nahezu mühelos den Frostboden aufbrechen, es handelte sich nämlich um trockenen Sandboden, eine Art Heide.

Jaatinen beobachtete zerstreut, wie gleichmäßiger Sand aus der Schaufel rann, ähnlich wie in einem Stundenglas.

Plötzlich wurde ihm bewusst: Das war Qualitätsware!

Jaatinen rief dem Baggerfahrer zu, er solle tiefer graben. Die Schaufel stieß in den Boden, Sand und wieder Sand, so schien es endlos weiterzugehen. Der Fahrer wunderte sich, weshalb die Grube so tief werden musste, für die leichte Baracke hätte auch weniger genügt.

»Ich will nur sehen, wie weit diese Sandschicht reicht«, erklärte Jaatinen.

Nach einer Stunde war die Grube bereits gut sechs Meter tief. Und immer noch die Sandschicht! Jaatinen jubelte. Er ließ den Bagger ans andere Ende des Flugplatzes fahren, und dort wurde ebenso tief gegraben.

Gleichfalls Sand!

Welch ein Schatz! Millionen, ja Milliarden Kubikmeter besten Sandes. Jaatinens Fantasie, die nicht einmal besonders lebhaft war, gaukelte ihm bereits wunderbare Bilder vor: Eine große Betonmischanlage, ja, eine richtige Fabrik erhob sich auf dem Flugplatz. Dort wurden Bauelemente, Brunnenringe, Dränagerohre gegossen, Betonziegel glitten zu Millionen Stück auf Tausende von Stapeln.

Jaatinen stopfte sich die Tasche seiner Lodenjacke mit Sand voll, sprang auf sein Fahrrad und trampelte ins Kirchdorf, dass das Hinterrad auf der schneebedeckten Straße quietschend durchdrehte. Er rannte in sein Büro, wo Pyörähtälä saß und auf der Rechenmaschine herumtippte.

»Jetzt machen wir Geld aus Sand. Sowie die Gemeinde die Restsumme für diesen Auftrag bezahlt hat, kaufen wir die Maschinen, und du kannst gleich noch in dieser Woche nach Helsinki fahren und losen Sand verkaufen. Nimm Proben mit, dann läuft das Geschäft an.«

»Was für verdammter Sand?«

»Der ganze Flugplatz ist ein einziger Sandkuchen. Die Schicht ist mindestens fünf Meter dick, wahrscheinlich noch viel dicker. Von so gleich bleibender Qualität wie kaum irgendwo, und gerade die rechte Korngröße, schau!«

Jaatinen holte eine Hand voll Sand aus der Jackentasche und ließ ihn durch die Finger auf Pyörähtäläs Arbeitstisch rinnen. Pyörähtälä sah abwehrend zu.

»Ganz gewöhnlicher Sand. Verdammt, mach mir nicht die Papiere schmutzig, sonst muss ich alles noch mal abschreiben.«

»Das hier ist ein Vermögen, ein gewaltiger Fund! Hat denn in diesem elenden Dorf niemals auch nur ein einziger Geologe die Erde durchwühlt? Ich habe einen ganzen Flugplatz voll von diesem Sand, gib mir den Kognak.«

Obwohl Pyörähtälä Jaatinens Aufregung über den läppischen Sand nicht recht verstand, so verstand er umso mehr von Kognak, wenn er auch neuerdings dem Abstinenzlerverein angehörte. Zwei Schwenker waren schnell aus der Küche geholt, und ein Griff ins unterste Schreibtischfach förderte die Kognakflasche zutage.

»Ich habe noch nie darauf Kognak getrunken, dass jemand eine Hand voll Sand gefunden hat. Aber warum nicht, Prost!«

»Gold kostet, glaube ich, ungefähr viertausend Mark pro Kilo, aber eine Million Tonnen Sand kosten mehr als tausend Kilo Gold. Das ist ein sehr großer Unterschied. Guter Industriesand ist in Südfinnland wertvoller als Gold. Wir gründen hier in Kuusmäki schon zum kommenden Sommer eine große Betonfabrik. Gut, dass die Firma bereits einen Namen hat, wir werden verschiedene Produkte aus Beton herstellen, meinetwegen auch Badewannen oder Waschbretter, was auch immer.«

Als Jaatinen sich beruhigt hatte, erzählte er Pyörähtälä, welch unglaublicher Schatz der Flugplatz im Grunde genommen war. Er lag in passender Entfernung vom Kirchdorf ..., ein weites, baumloses, ebenmäßiges Gelände, hervorragend geeignet für die Errichtung der Gebäude, ganz zu schweigen davon, dass man den Rohstoff direkt vor der Nase hatte.

Es half nichts, auch Manssila musste gerufen werden, damit er die große Neuigkeit hörte.

Gut gelaunt feierten die Freunde in den Winterabend hinein, sie schmiedeten Pläne, rauchten Zigarren und klopften sich gegenseitig auf die Schultern.

In all der Hochstimmung sagte Manssila, der ernsthafteste und verantwortungsvollste der drei, plötzlich zu Jaatinen:

»Du hast wirklich Glück gehabt, Junge, und gerade jetzt, wo sich in zwei Monaten für dich ein neues Finanzloch auftun wird.«

Jaatinen erkundigte sich fröhlich, welche Art von Finanzloch das denn angeblich sein sollte.

»Du musst Unterhalt zahlen, Freundchen.«

»Unterhalt zahlen?«

»Das nehme ich an. Hast du denn die Frau Rummukainen nicht gesehen? Leea ist im siebten Monat, und damals im August bist du mit dem Boot auf dem See gewesen.«

Pyörähtälä bestätigte die Nachricht:

»Im Dorf erzählen sie es als sichere Tatsache, dass dem Millionenräuber, dir also, in diesem Frühjahr ein uneheliches Kind geboren wird.«

Jaatinen lief rot an. Leea war also von ihm schwanger? Das war ihm überhaupt nicht in den Sinn gekommen. Er zählte die Monate an den Fingern ab, und richtig, seit August waren sieben Monate vergangen. Jaatinen erinnerte sich an Heiligabend und ihr gemeinsames Treffen vor dem Dorfladen. So also lagen die Dinge! Er wurde ernst, die Kognakflasche war ohnehin leer. Pyörähtälä und Manssila verabschiedeten sich, Jaatinen merkte kaum, dass sie aufbrachen. Er war mit dieser neuen Sachlage beschäftigt, die Vaterschaft, oder das Bewusstsein einer möglichen Vaterschaft, erfüllte seine Gedanken. Ob das Kind auch gesund wäre? Jaatinen versuchte sich zu erinnern, wie Leeas Becken gebaut war. Würde die Frau des Direktors als Gebärerin geeignet sein? Dass nur ja kein Kaiserschnitt oder keine Zangengeburt notwendig würde! Jaatinen konnte sich Leeas Körper in Erinnerung rufen und fand, ihr Becken müsste breit genug sein.

Und war Leea sonst gesund? Wie waren ihre Blutwerte, hat-

te sie Erbkrankheiten, Plattfüße? Ob Direktor Rummukainen über die Sachlage im Bilde war?
Jaatinen wachte bis spät in die Nacht. Nicht der fantastische Sandfund raubte ihm den Schlaf, sondern das überraschende Gerücht von seiner Vaterschaft. Als er endlich in dem dunklen Zimmer in seinem Bett lag, dachte er:
»Das sollte also ihr Zigarrengeschenk am Heiligabend bedeuten! Es war eine Art Wink, wirklich raffiniert!«

17

Eine kleine Gruppe von Männern marschierte an einem sonnigen Märztag im Takt über die Hauptstraße des Kirchdorfes Kuusmäki. Anlass war ein Ehrenbesuch am Denkmal der weißen Befreiungssoldaten. Der Verein der Reserveoffiziere von Kuusmäki pflegte nämlich traditionell am Jahrestag jenes weit zurückliegenden Kampfes all der Soldaten zu gedenken, die aufseiten der Weißen im Kampf um die Blutbrücke gefallen waren.
Panzerleutnant Jaatinen marschierte ebenfalls mit. Man hatte ihn in den Verein der Reserveoffiziere aufgenommen, und da er nun dort Mitglied war, musste er auch an Gedenkmärschen teilnehmen. An der Spitze der Abordnung marschierten Kommissar Kavonkulma und Wehrleiter Jokikokko, hinter ihnen der Schuldirektor: Major Rummukainen trug einen großen Fichtenkranz.
Am Ziel angekommen, formierte sich die schneidige Gruppe um das Denkmal und wartete auf das Eintreffen des Kirchen-

chores. Der ließ nicht lange auf sich warten, und unter den Chormitgliedern befand sich Bürochef Pyörähtälä.

Der Chor sang das Lied »Ein feste Burg ist unser Gott«. Propst Roivas sprach ein paar gewichtige Worte, und dann trugen Rummukainen, Jokikokko und Kavonkulma den Kranz zum Denkmal. Der ungestüm wirkende Bronzesoldat schaute trotzig zur Blutbrücke, er würdigte den Kranz, den man zu seinen Füßen niederlegte, keines Blickes.

Nach der Zeremonie trafen sich Jaatinen und Pyörähtälä. Der Besuch am Denkmal der weißen Helden des Bürgerkrieges hatte sie beeindruckt. Dieser Eindruck war allerdings zwiespältig: Sie hatten den Gegnern der Arbeiterklasse Ehre erwiesen. Pyörähtälä meinte:

»Wir sind richtige Arschlöcher.«

»Du sagst es.«

»Hier müsste unbedingt auch ein Denkmal für die Roten errichtet werden, sie hatten nämlich fünfmal mehr Tote am Fluss zu beklagen. Manssila setzt sich schon lange dafür ein.«

»Wir könnten ja dem Vornanen, oder wie dieser Zugführer gleich hieß, hier im Kirchdorf ein Denkmal aus Beton setzen«, überlegte Jaatinen laut.

»Warum gerade aus Beton?«, fragte Pyörähtälä.

Jaatinen erklärte, dass er hin und her überlegt habe, welche Art von Guss er jetzt im Winter machen könnte, um den Sand vom Flugplatz zu erproben. Er habe das Material chemisch untersucht und für gut befunden, aber das Fließverhalten des Sandes müsse noch experimentell erprobt werden: Zu dem Zweck müsse er unter winterlichen Bedingungen irgendeine anspruchsvolle Gussarbeit anfertigen, ein Brückenbogen oder etwas in der Art. Eine Skulptur wäre vielleicht genau das Richtige, ein Guss, der Festigkeit erfordere.

Als Manssila von diesen Überlegungen hörte, war er hocherfreut. Es stellte sich heraus, dass der Ortsverband der Gewerkschaften bereits vor fünf Jahren eine Denkmalkommission gewählt und diese beauftragt hatte, für Zugführer Vornanen ein Monument zu errichten. Manssila trieb Jaatinen zu schnellem Handeln an:

»Wenn du sowieso wegen der Festigkeitsberechnungen des Betons unter Winterbedingungen einen Probeguss machen musst, dann gieß ein Denkmal für die Roten. Ich bestelle sofort aus Helsinki einen Bildhauer, der das Modell zeichnet.«

Manssila tat, wie angekündigt.

Der Bus aus Helsinki brachte einen schmuddeligen kleinen Mann mit Schnauzbart, der sich als Künstler Kasurinen vorstellte. Jaatinen und Manssila empfingen ihn an der Haltestelle, er roch nach abgestandenem Schnaps. Die beiden Abholer werteten das als gutes Zeichen. Kasurinen war ganz offensichtlich ein erfahrener Künstler.

Warum auch nicht.

Man brachte ihn im Motel unter. Manssila gab ihm Hinweise für seine Arbeit:

»Entwirf ein recht drohendes Denkmal. Aber zeichne keinen Kerl, so was kriegt man im Winter sowieso nicht aus Beton gegossen. Ansonsten kannst du so viel Beton verwenden, wie du willst.«

Mit dem unermüdlichen Elan des kreativen Künstlers nahm Kasurinen seine anspruchsvolle Arbeit in Angriff: Als Erstes bestellte er sich eine tüchtige Mittagsmahlzeit und reichliche Mengen Bier aufs Zimmer. Am Abend sah man den Bildhauer im Restaurant des Motels, er war in seine Entwürfe und ins Wodkaglas vertieft; die Denkmalkommission spähte ihm über die Schulter, um zu sehen, wie es mit der Arbeit voranging.

Eine Woche lang arbeitete Kasurinen, äußerlich schmuddelig, aber innerlich eine starke Künstlernatur, eine Woche lang also arbeitete dieses besondere Talent am Entwurf des Denkmals für Zugführer Vornanen, und als der Sonntag kam, überreichte er Manssila das Ergebnis seiner Arbeit.

Kasurinens Skulptur stellte einen sehnigen Männerarm dar, der sich aus der Erde erhob, die Hand war zu einer festen Faust geschlossen. Eine feierlicher Anblick schon auf dem Papier.

Jaatinen berechnete die erforderliche Menge Beton und stellte Festigkeitsberechnungen an. Ein wirklich vortrefflicher Entwurf. Kasurinen hatte ein prachtvolles Kunstwerk entworfen, das sich außerdem bestens für einen anspruchsvollen Probeguss eignete. Es dauerte zwei Tage, bis Jaatinen zusammen mit Kasurinen die endgültigen Zeichnungen für das Denkmal fertig gestellt hatte. Dann bekam der Künstler sein Honorar ausbezahlt, und er verließ das Dorf. Zur gleichen Zeit wurde auf dem Grundstück des Gewerkschaftshauses mitten im Kirchdorf eine tiefe Grube ausgehoben, der Boden wurde festgestampft und anschließend das erforderliche Fundament für die Skulptur eingepasst. Nach dem Guss könnte man dann das eigentliche Denkmal errichten.

Nach einer Woche erhob sich im Zentrum von Kuusmäki ein mehr als sechs Meter hohes, mit Planen abgedecktes dampfendes Gebilde. Die Einwohner wunderten sich, was da im Gange war, kaum jemand glaubte das Gerücht, dass Jaatinen ein Denkmal für Zugführer Vornanen errichtete. Aber nach einer weiteren Woche, am Sonntag, versammelten sich an der Stätte Kuusmäkis einfache Leute, hauptsächlich Arbeiter und Kleinbauern. Wie viele sie waren! Eine stattliche Menge, mehrere hundert Personen, sie waren zahlreicher als die Herren im Dorf.

Mit roten Fahnen kam der Ortsverband der Gewerkschaften anmarschiert. Ein Blasorchester spielte Arbeiterlieder, so manchem Veteran standen Tränen in den Augen. Endlich war die Zeit gekommen, da man auch in Kuusmäki ohne Furcht zu einer Arbeiterveranstaltung gehen konnte.

Manssila fuhr den Bagger neben das Denkmal, hob die Schaufel hoch in die Luft, angelte mit dem äußersten Reißzahn nach der Schnur der Plane, hob diese mittels der Hydraulik ab, schüttelte sie und ließ sie fallen. Die Plane klatschte auf die Erde, dass der Schnee aufwirbelte und für kurze Zeit das eben enthüllte Denkmal wieder verdeckte. Als sich die Schneewolke gelegt hatte, sah man endlich das Kunstwerk von Bildhauer Kasurinen.

Prachtvoll war es, trutzig!

Ein stämmiger Arm ragte hoch hinauf, die Faust war zum Himmel gereckt. In die Kupferplatte am Sockel war eingraviert worden: »Zum Gedenken an alle, die 1918 im Kampf vor Kusmäki fielen und die in den Gefangenenlagern ihr Leben ließen. Ortsverband der Gewerkschaften von Kuusmäki.«

Propst Roivas und Bauer Jäminki beobachteten das Ereignis am Giebelfenster des Pfarrhauses.

Roivas: »Aus meiner Sicht ist die Errichtung dieses Denkmals kein gottgefälliges Werk.«

Jäminki: »Ich kenne keinen schlimmeren Plagegeist als diesen verfluchten Jaatinen.«

18

Kaum war eine Woche nach der Denkmalsenthüllung vergangen, da nahm Jaatinen auch schon eiligst die Gründung einer Betonfabrik auf seinem Flugplatz in Angriff. Der Sand hatte sich beim Gießen der Skulptur als wirklich gut erwiesen: Er war fest und ergab einen zähen Beton. Jaatinen hatte die Festigkeit bei den Säulen und Winden des Denkmals geprüft und konstatiert, dass die Konstruktion im Verhältnis zu ihrer Masse außerordentlich großem Druck standhielt, die Druckfestigkeit war Spitzenklasse.

Jaatinen entwarf selbst die Fabrikgebäude und plante den Maschinenbestand. Zusätzlich nahm er die Dienste zweier Beraterfirmen aus Helsinki in Anspruch, sie klärten schnell die Marktsituation ab und erstellten auch eine vorläufige Kostenrechnung. Zwecks Ankauf der Maschinen musste Jaatinen Verhandlungen in Schweden und in Leningrad führen. Ein paar kleine Reisen zu Frühjahrsbeginn kamen ihm gerade recht.

Bei seinem Besuch in der Sowjetunion bestellte er dort einige große Betonmischanlagen und Kräne, in Schweden erwarb er eine große Betonpumpe. Die Förderbänder bekam er in Finnland günstig aus zweiter Hand.

Das Wasser- und Abwassernetz von Kuusmäki wurde Anfang April fertig. Die Gemeinde bezahlte Jaatinen die vereinbarte Summe, die Kassensituation der *Nordischen Beton und Lehm* AG war zu jener Zeit außerordentlich gut. Allerdings war der Bau des Klärwerkes noch nicht abgeschlossen, und vor seiner Fertigstellung lohnte es nicht, mit dem Bau der neuen Fabrik zu beginnen.

Eines Tages sagte Jaatinen zu seinem Bürochef:
»Hör zu. Die Tätigkeit der Firma weitet sich enorm aus, die Arbeit wird zu viel für dich. Wir müssen mindestens einen Ökonomen anwerben, und vielleicht im Herbst noch zwei Kaufleute dazu.«
»Das stimmt. Soll ich nach Helsinki fahren und einen Ökonomen besorgen? Dort sind angeblich leicht welche zu kriegen.«
»Tu das! Bring einen Vertriebsökonomen, so was brauchen wir jetzt. Und gut wäre es, wenn er auch die Kostenrechnung übernehmen könnte. Besorg uns den Mann, aber treib dich nicht ewig in Helsinki herum, du hast eine Woche für die Fahrt.«
So machte sich Pyörähtälä also eifrig auf den Weg, um einen Vertriebsökonomen aufzutreiben. Ein wenig besorgt begleitete Jaatinen seinen Bürochef zum Bus.
»Versuch dich zusammenzureißen ..., und bring nicht irgendeinen Stiesel an.«
»Keine Sorge, ich werde die Sache schon machen!«
Pyörähtälä blieb länger weg, als ihm zugestanden worden war, nämlich zehn Tage. Und als er zurückkam, brachte er eine Frau mit. Jaatinen zürnte seinem Bürochef wegen seines langen Ausbleibens, zumal Pyörähtälä sehr müde und verkatert wirkte. Und wer war die Frau? Es zeigte sich, dass diese – klein, mit strengem Mund, dennoch nett anzuschauen – tatsächlich Ökonomin war. Doch diese Beute wirkte allzu dürftig. Jaatinen lud Pyörähtälä zu einem Gespräch unter vier Augen.
»Um so was anzuschleppen, brauchtest du also anderthalb Wochen! Solche müsste man eigentlich schneller kriegen. Gab es keine anderen?«

»Das schon, aber diese ist absolut die beste. Schrei jetzt nicht herum, ich habe ein bisschen getrunken, aber sie ist eine gute Ökonomin. Sie ist erst fünfunddreißig, hat aber schon mächtig viel Erfahrung. Sie ist mitgekommen, weil ich ihr eine Stelle als Vertriebsleiterin versprochen habe. Sie heißt Hellevi.«

»Hellevi, und weiter?«

»Ökonomin Hellevi Säviä. Glaub mir, diese Frau ist unbedingt die beste. Du kannst sie selber fragen. Sie wollte erst absolut nicht einwilligen, ich musste ihr gut zureden, und das dauerte eben. Sie kann Fremdsprachen, sage ich dir, sie redet Schwedisch, Englisch, Deutsch und Französisch, ohne mit der Wimper zu zucken. Schwedisch spricht sie besonders gut, in Stockholm hielt man sie für eine echte Schwedin.«

»Um ihr zuzureden, musstest du also bis nach Stockholm fahren.«

»Das war halb aus Versehen ..., aber es wurde dann eine schöne Reise. Und als Bürochef habe ich wohl auch mal das Recht auf eigene Entscheidungen, oder?«

Jaatinen rief die Ökonomin zu sich. Da er Zweifel hegte, ob diese kleine zierliche Frau in der Lage sei, schwere Betonprodukte in einer rauen Branche zu verkaufen, fragte er:

»Pyörähtälä hat bei der Stellenbeschreibung hoffentlich nichts beschönigt?«

»Oh, ich weiß, wie die Arbeit in dieser Branche ist. Ich habe reichlich Erfahrungen. Falls Sie glauben, dass ich nicht imstande bin, die Produkte Ihrer Fabrik zu vermarkten, so kann ich Sie beruhigen: Ich habe schon jetzt erste Verträge für Ihre Produktion bis zum kommenden Herbst in Aussicht. Und im Herbst kann ich dann Lieferungen bis ins nächste Jahr vereinbaren.«

»Aha, so, so. Dann ist die Sache damit klar. Ich bin Akseli.«

»Hellevi.«

»Bring erst mal das Rechnungswesen der Firma auf den neuesten Stand. Bis Ende Juni wird die Buchführung aus meinem Anwaltsbüro in Helsinki nach hier verlagert. Willkommen im Job. Pyörähtälä kann dir bei der Wohnungssuche helfen.«

Schließlich war auch die Kläranlage fertig. Sie wurde ohne Feierlichkeiten in Betrieb genommen. Gemeindevorsteher Jäminki erschien nicht einmal zur Endabnahme.

Die Gemeinde hatte Probleme, der *Nordischen Beton und Lehm AG* die ausstehende Restsumme für den Auftrag zu bezahlen, denn in der Kasse herrschte Ebbe. Man musste einen Kredit aufnehmen, um die Summe mit Teuerungszulage und allem Drum und Dran begleichen zu können. Es hieß, Jäminki habe, als er die Kreditpapiere der Gemeinde unterschrieb, gesagt:

»Ich hätte nie gedacht, dass ich wegen dieses Millionenräubers noch mal meinen Namen unter einen Kreditantrag setzen muss.«

Nachdem Jaatinen das Geld empfangen hatte, reiste er nach Leningrad, um die Maschinen für seine Fabrik zu kaufen. Er fuhr mit dem Zug in die Stadt an der Newa und quartierte sich im Hotel *Astoria* ein. Der Aufenthalt dauerte länger als eine Woche, denn die Maschinen waren noch nicht völlig fertig gestellt. Das Hotel war so luxuriös, dass Jaatinen die Verzögerung ganz gelegen kam; er streifte durch die frühlingshafte Stadt, atmete die Gerüche der Newa ein und prüfte als Mann vom Fach sorgfältig die Struktur der Klappbrücken. Hervorragende Anlagen! Wehmütig dachte Jaatinen, wie schön es wäre, wenn er solche Brücken einmal in Finnland bauen könnte.

Jaatinen wurde mit dem Personal des Hotels so vertraut, dass er sich wie zu Hause fühlte. Eines Tages erzählte ihm der Oberkellner, in jeder Hinsicht ein vortrefflicher Mann, von einem Finnen, der ein Jahr zuvor im Hotel gewohnt hatte.

»Sie glauben gar nicht, Jaatinen, welch angenehmer Gast er war! Sein Name lautete ganz ähnlich wie Ihrer, ich glaube, er hieß Vatanen. Ein wirklich feiner Mensch! Er hatte einen echten finnischen Hasen bei sich. Wir alle haben dieses lustige und liebe Tier verwöhnt, es war ganz zahm. Als der Mann mit seinem Hasen wieder nach Finnland fahren musste, haben wir fast geweint!«

Schließlich wurden die großen Betonmaschinen im Werk auf Waggons verladen. Jaatinen war bei der Verladung anwesend. Er freute sich über die Qualität der Maschinen, sie waren schwer und stabil und würden mühelos ihre Arbeit verrichten. Außerdem waren sie fast um die Hälfte günstiger als entsprechende englische oder schwedische Fabrikate.

Die neuen Maschinen trafen gerade rechtzeitig zum 1. Mai in Kuusmäki ein. Tieflader brachten sie am Vortag auf den Flugplatz. Am Abend feierten die Beschäftigten der *Nordischen Beton und Lehm* AG im Motel den Frühling; man ließ die Gläser klingen, Jaatinen erzählte von seinem Leningrad-Aufenthalt. Am Feiertag marschierten die Arbeiter mit roten Fahnen zu Vornanens Denkmal. Manssila hielt eine Rede, die Fahnen wehten und man sang die Internationale, dass es im ganzen Ort widerhallte.

»Das geht zu weit«, sagte Jäminki im Hinterzimmer seines Hauses.

19

Am Abend des 1. Mai sprach sich herum, dass Frau Rummukainen im Gesundheitszentrum von Kuusmäki Zwillinge geboren hatte. Zwei Mädchen.

Die Nachricht erreichte Jaatinen im Motel. Jetzt war es schon passiert? Waren seit August tatsächlich schon neun Monate vergangen? Verstohlen schlich sich Jaatinen in die Telefonzelle im Vestibül des Motels und rief im Gesundheitszentrum an.

»Wie geht es Frau Rummukainen und den Kindern?«

»Wer will das wissen?«, fragte die Dienst habende Hebamme.

»Der Va ..., ehm, der Pate. Sind sie gesund?«

Die Hebamme berichtete, die Geburt sei in jeder Hinsicht gut verlaufen. Sowohl die Mutter als auch die Zwillinge seien gesund, beide Mädchen kräftiger Konstitution, sie wogen 3,1 und 3,3 Kilogramm. Die Geburt hatte zwei Stunden gedauert, sie hatte um zehn Uhr begonnen, um zwölf Uhr war alles vorbei gewesen. Die Hebamme fragte noch, von wem sie Grüße bestellen sollte, doch Jaatinen gab sich nicht zu erkennen, sondern sagte nur, er werde am späteren Abend selber kommen. Er erkundigte sich, ob der Kindesvater schon da gewesen sei. Die Hebamme erklärte, Direktor Rummukainen sei bereits am Nachmittag da gewesen und wolle abends noch einmal wiederkommen.

Jaatinen musste es sich also verkneifen, während der Besuchszeit nach seinen Kindern zu sehen. Er kehrte in die Gaststätte zurück und bestellte sich einen guten Kognak. Trotz allem war er äußerst erleichtert. Zwei Mädchen, und beide gesund! So war es recht. Leea hatte ihre Sache gut ge-

macht, eine tüchtige Frau! Aber waren diese Kinder wirklich von ihm? Nur Leea könnte die Wahrheit sagen.
Wie es auch stehen mochte, Hauptsache, die Babys waren gesund. Der gute Kognak und die Freude über die vermutliche Vaterschaft erwärmten Jaatinen, sodass er einen tüchtigen Rausch bekam. Irgendwann gegen acht Uhr abends verließ er die Gaststätte und schlich sich ins Gesundheitszentrum, ging jedoch nicht auf die Entbindungsstation, sondern zum Dienst habenden Arzt. Dieser, Kandidat der Medizin, Pajunen, fragte, was Jaatinen wünsche.
»Hör mal, Pajunen, würdest du mir die Kinder von den Rummukainens zeigen?«, stammelte Jaatinen mit trunkener Stimme.
»Wozu das? Ich habe gehört, ihr seid verfeindet, du und Rummukainen.«
»Deshalb bitte ich dich ja um Hilfe. Hol die Kinder schon her, meinetwegen einzeln. Ich würde sie gern sehen, mag bloß nicht selber auf die Station gehen.«
Pajunen erklärte kühl, die Neugeborenen seien noch im Behandlungsraum, er könne sie nicht einfach dort herausholen. Er merkte, dass Jaatinen stark betrunken war, und ließ sich auf nichts ein. Alles in allem ein eigenartiger Mann, fand der Arzt.
Jaatinen verließ enttäuscht das Gesundheitszentrum. War das eine Art und Weise? Ein Vater darf seine eigenen Töchter nicht sehen. Er hatte Lust, das Recht des Vaters geltend zu machen, um seinen Nachwuchs zu Gesicht zu bekommen, doch sein Verstand sagte ihm, dass er es besser unterließ.
Jaatinen holte sein Fahrrad, das noch am Motel lehnte, und fuhr in Schlangenlinien zu seiner Wohnung. Auf dem Vorplatz kippte er mit seinem Rad um, so viel Kognak hatte er getrunken.

Mühsam rappelte sich der Ingenieur vor dem Haus der Genossenschaftsbank wieder hoch, und noch mühsamer erklomm er die steile Treppe zu seiner Wohnung. Dort schlief er am Tisch sitzend ein, den Kopf auf die Arme gelegt. Schwer atmend, träumte er in der Nacht von seinen kleinen süßen Babys, Papis Mädchen; im Traum sprach er zärtlich mit Frauen, dabei besonders Leea Rummukainen erwähnend, doch auch die Gemeindeskretärin Irene Koponen, ihren Namen wiederholte er mehrfach: »Liebste Irene, wir schaffen uns ebenfalls Kinder an, krieg du auch Zwillinge ...«

20

Der Bau der neuen Fabrik kam gut in Gang. Jaatinen war eifrig bei der Sache, arbeitete beinah rund um die Uhr, reiste, plante und überwachte die Arbeiten. Auf der Straße zum Flugplatz rumpelten wieder die Fahrzeuge, und die Männer, die das Klärwerk gebaut hatten, waren alle auf den Flugplatz übergewechselt. Die Hämmer der Zimmerleute dröhnten, die Eisenflechter bogen Armierungseisen, und flüssige, aus eigenem Sand hergestellte Betonmasse floss in die Sockel.

An einem Maiabend fuhr Jaatinen, wie es seine Gewohnheit war, mit dem Fahrrad heimwärts zu seiner Wohnung im Haus der Genossenschaftsbank. Es war etwa zehn Uhr, die Luft roch nach Frühling. Jaatinen war guter Dinge, auf seiner Baustelle gab es jeden Tag Fortschritte, es war zu sehen, wie sich aus dem Sand allmählich eine Fabrik erhob.

Als er eben die Treppe ins Obergeschoss hinaufsteigen wollte, hielt er plötzlich inne und lauschte. Aus der Richtung des Büros und seiner Wohnung hörte er Kinderweinen, er unterschied die Stimmen zweier Kinder. Jaatinens Herz machte einen heftigen Sprung. Kleine Kinder in der oberen Etage! Er rannte hinauf, nahm mehrere Stufen auf einmal und stürzte ins Büro. Das Büro war leer, das Kinderweinen kam aus seiner dahinter liegenden Wohnung.

Jaatinen trat ein und blieb verwirrt in der Tür stehen. Pyörähtälä hielt ein kleines Baby, das vor sich hin weinte, und auf dem Bettrand saß Frau Leea Rummukainen mit einem zweiten Baby, das ebenfalls weinte. Jaatinen trat näher und sah, dass auch Frau Rummukainen weinte, wenn auch nicht so laut wie ihre Kinder. Pyörähtälä erklärte:

»Sieh mal, Jaatinen, Frau Rummukainen kam vor einer Stunde völlig verstört angelaufen, ihr Mann hat gedroht, die ganze Familie zu töten ..., sie ist hierher gekommen, ich habe sie natürlich hereingelassen.«

Pyörähtälä reichte Jaatinen das weinende Baby, wobei er aufpasste, dass der Kopf des Kindes nicht nach hinten fiel.

»Hier, Jaatinen, dies ist deine Tochter.«

Jaatinen nahm das Baby in seine großen Hände, er starrte es erschrocken an, und dann kam Leea und reichte ihm auch das zweite. Er wusste nicht, wohin mit dem ersten, gab es Pyörähtälä zurück, nahm das zweite, das ihm dargeboten wurde, und starrte auch dieses Kind mit weit aufgerissenen Augen an. Grenzenlose Verwirrung bemächtigte sich seiner, er legte das Kind ins Bett, holte das andere und legte es dazu. Dann stand er da und versuchte, die Schnuller in die kleinen roten Münder zu stecken, es sah aus, als versuchte ein großer, tölpelhafter Bär seine winzigen Jungen zu umsorgen.

Pyörähtälä schlüpfte hinaus und schloss die Tür hinter sich.

Leea Rummukainen beruhigte die Kinder. Sie quärrten noch ein bisschen, hörten aber auf, als sie den Schnuller im Mund hatten, und nuckelten zufrieden.

Jaatinen richtete sich auf und musterte Leea von oben bis unten. Ihr kamen wieder die Tränen, Jaatinen beschwichtigte sie. Dann setzten sie sich gemeinsam und betrachteten die Kinder.

»Es sind also beides Mädchen?«, fragte Jaatinen scheu.

»Ja, beide.«

»Und sie sind von mir?«

»Ja.«

»Aha.«

Jaatinen stand wieder auf und beugte sich über die Babys.

»Haben sie irgendeine Krankheit, dass sie so furchtbar klein sind?«

»Sie sind völlig gesund, und für Zwillinge außerdem ungewöhnlich groß«, sagte Leea ein wenig pikiert.

Jaatinen drückte beiden mit dem Daumen auf die Nase, sie greinten ein wenig. Leea zog ihn zurück.

»Stör sie nicht. Sieh nur, was du für schmutzige Hände hast, voller Öl und Beton, wasch dich sofort!«

Jaatinen ging, um sich die Hände zu waschen. Als er zurückkam, klingelte das Telefon. Der Anrufer war Rummukainen. Jaatinen hörte eine Weile zu, schließlich sagte er:

»Ich würde dir nicht raten, herzukommen.«

Als er aufgelegt hatte, trat er an den Schrank, nahm eine Pistole heraus, eine schwere automatische Tokarew, russisches Fabrikat, und lud sie. Leea beobachtete ihn entsetzt.

»Du hast hoffentlich nicht irgendetwas Schreckliches vor! Willst du mich und die Kinder erschießen?«

Sie brach erneut in Tränen aus, beruhigte sich aber, als sie sah, dass Jaatinen sie nicht mit der Waffe bedrohte. Jaatinen steckte die Waffe ein, sagte ein paar beschwichtigende Worte, verließ die Wohnung und ging nach unten. Bald tauchte Rummukainens Auto auf. Jaatinen trat aus dem Schatten des Hauses, zog die Waffe und richtete sie auf Rummukainen. Der sprang schnell wieder in seinen Wagen, zog aus dem Handschuhfach ebenfalls eine Waffe und fummelte im dunklen Auto daran herum. Jaatinen stürzte zu ihm, schlug ihm die Waffe aus der Hand und zog ihn aus dem Auto.

»Du fährst sofort nach Hause und kreuzt hier nicht noch mal auf. Leea hat sich mit den Kindern zu mir geflüchtet, diese Angelegenheit wird auf andere Weise und nicht mit der Waffe geklärt.«

Rummukainen setzte sich wieder in sein Auto und fragte dann mit Bitterkeit in der Stimme:

»Die Kinder sind also tatsächlich von dir?«

»So sagt es Leea. Du hast sie mit der Waffe bedroht, deshalb ist sie zu mir gekommen. Lass es das letzte Mal sein, dass du deine Pistole auf Babys richtest.«

Rummukainen knallte die Autotür zu und fuhr eilig davon. Jaatinen kehrte in seine Wohnung zurück, wo Leea aufgeregt wartete. Sie fragte, was die Männer miteinander besprochen hätten.

»Wir haben uns kaum unterhalten.«

Jaatinen rief den Leiter des Dorfladens an, entschuldigte sich für die späte Störung und gab dann eine telefonische Bestellung auf.

»Zwei Gitterbetten, fürs Babyalter also, dazu einen Zwillingskinderwagen ..., und diverse Babynahrung, Windeln und das alles, wart mal, ich gebe an die Mutter der Kinder weiter.«

Leea gab dem Händler noch einige Anweisungen. Eine Stunde später kam er vorgefahren, und ein ganzer Berg Waren wurde im Dunkeln aus dem Auto geladen. Jaatinen trug Betten und Windelkartons auf dem Rücken nach oben ..., kleine Matratzen fielen von der Fuhre herunter.

»Hast du auch an Schnuller gedacht?«, fragte er den Kaufmann.

»Gewiss, gewiss, es ist alles dabei.«

An diesem Abend fand Jaatinen lange keinen Schlaf. Leea hatte für sie beide ein gemeinsames Nachtlager auf dem Sofa zurechtgemacht, die Laken knisterten, wenn Jaatinen sich herumwarf. Er horchte auf den Atem der Babys, die in der Nähe schliefen, ein paarmal stand er erschrocken auf, wenn er kein Schnaufen aus den beiden kleinen Nasen gehört hatte, und glaubte, die Babys seien erstickt. Doch sie schliefen friedlich, und schließlich schlief auch Jaatinen ein, nachdem er zuvor in der Dunkelheit die großbusige Frau an seiner Seite betrachtet hatte; ihr langes blondes Haar hatte sich über das halbe Bett ausgebreitet. Jaatinen stieß den Seufzer eines unsicheren Mannes aus, der Seufzer kam tief aus dem großen Brustkorb und kündete von Sorge und von einer Verantwortung, die ein Einzelner trotz seiner großen Hände und seiner breiten Schultern nicht allein tragen kann.

Jaatinen erwachte früh um vier Uhr, stand auf, wusch sich, zog sich an und trat dann an die Betten der Kinder. Er hockte sich nieder und betrachtete länger als eine Stunde die beiden Kleinen, wie sie da mit gekrausten Näschen und zusammengekniffenen Augen schliefen. Er konnte nicht anders und zwickte beide in die Nase, jedoch so vorsichtig, dass sie nicht aufwachten und anfingen zu schreien.

21

Ein paar Tage später rief Direktor Rummukainen erneut an. Jetzt drohte er Jaatinen nicht mehr, sondern schlug ein gemeinsames Treffen und ein Gespräch vor.
»Ich gebe dir mein Ehrenwort, dass ich keine Waffe mitbringe. Versuch doch zu verstehen, wie schwierig diese Situation für mich ist!«
»Schwierig ist sie bestimmt, nur verstehe ich nicht, was ich dabei tun könnte. Aber gut, treffen wir uns, schließlich sind wir im selben Jagdklub. Komm heute Abend zu mir. Aber lass die Waffe zu Hause.«
Am Abend schlich Rummukainen unauffällig zu Jaatinens Wohnung. Er klopfte höflich an die Tür zwischen Büro und Wohnung. Jaatinen ließ ihn ein und tastete seine Kleidung ab, um sich zu vergewissern, dass der Gast keine Waffe in der Tasche hatte.
»'n Tag, liebe Leea«, sagte Rummukainen.
»Tag, Kauko.«
»Komm nach Hause, Liebes.«
»Nein. Du bist so unberechenbar ..., und es ist wahr, dass die Kinder nicht von dir sind, sondern von Jaatinen. Wie könnte ich noch zurückkommen?«
»Wir haben doch das gemeinsame Haus ..., und es macht mir nichts aus, dass es vielleicht nicht meine Kinder sind, ich verzeihe dir.«
Jaatinen mischte sich ins Gespräch:
»Die Babys ziehen nicht um! Aber wir könnten es ja so machen, dass du wieder zurückgehst, Leea. Du kommst täglich und stillst die Kinder hier, ich nehme mir eine Haus-

haltshilfe, oder warum sollte ich nicht auch eine Amme einstellen.«

Leea wurde wütend und zog sich mit den Kindern ins Schlafzimmer zurück. Die Männer waren unter sich. Rummukainen bot Jaatinen eine dünne, teure Zigarre an. Jaatinen goss dem Gast und sich selbst ein wenig Kognak ein.

Rummukainen eröffnete die Verhandlungen.

»Vielleicht hast du nicht bedacht, was das alles für mich bedeutet ..., ich will es dir erzählen. Sieh mal, zunächst dieser furchtbare Skandal. Ich bin nicht irgendjemand, sondern leider Gottes der Direktor der Gesamtschule. Wenn in der Angelegenheit nicht bald eine akzeptable Lösung gefunden wird, muss ich mein Haus verkaufen und von hier wegziehen, und es kann gut möglich sein, dass die Sache später woanders auch wieder ans Tageslicht kommt. Der Vorstand der Schule jagt mich spätestens im Frühjahr raus, wenn ich nicht von selbst gehe, so hat man mir gesagt. Man hat mir eine Woche Zeit gegeben, meine Frau und die Kinder zurückzuholen. Wenn die Woche herum ist, fällt der Vorstand seine Entscheidung.«

Jaatinen gab zu, dass die Situation schwierig war, doch gleichzeitig verwies er darauf, dass die Leute von Kuusmäki, allen voran Rummukainen, auch nicht an die Folgen gedacht hatten, als es um ihn, Jaatinen, ging.

»Aber dann ist da noch die Tatsache, dass ich Leea liebe, und ich glaube, sie liebt mich auch. Das mit dir ist vermutlich nur eine vorübergehende Schwärmerei, und vielleicht sind die Kinder ja doch von mir ..., auf Leeas Wort war noch nie Verlass.«

Rummukainen nahm einen Schluck Kognak und bekam ihn in die falsche Kehle, seine Zigarre fiel auf den Teppich, als er versuchte, den Kognak aus der Lunge zu husten.

Mit gerötetem Gesicht versuchte er weiter sein Glück:
»Wir besitzen ein gemeinsames Eigenheim, wir haben es zusammen gebaut, von Leeas Erbe ... Du weißt ja sicher, was Häuser heutzutage kosten. Ich sage dir von Mann zu Mann, meinetwegen kannst du die Kinder behalten, oder wenigstens eins, wenn du mir nur meine Frau zurückgibst. Ich bin ganz sicher, dass Leea es nicht wagt, weiter hier zu wohnen, wenn du sie wegschickst. Ich würde dich fürstlich belohnen, wenn du dich auf diese Regelung einlassen könntest.«
Ehe Jaatinen dazu kam, Rummukainens Angebot abzuwägen, ging die Tür auf, und Leea erschien, furchtbar wütend, sie hatte offenbar das Gespräch der Männer belauscht.
»Hier sitzt ihr also und feilscht um mich, pfui, ihr Schweine! Gib mich nicht weg, Jaatinen, das ist demütigend, denk an mich und an unsere Kinder! Ich schwöre, dass ich dir eine gute Frau sein werde. Nimm mich zur Frau, lieber Jaatinen, nimm mich und verkauf mich nicht wieder an den schrecklichen Mann!«
Jaatinen stand auf, trank seinen Kognak aus und ging im Zimmer auf und ab. Man sah, dass er ernsthaft über die Situation nachdachte, die in der Tat Überlegung erforderte. Leea weinte. Rummukainen presste seine Fäuste, dass die Knöchel knackten. Dann verkündete Jaatinen sein Urteil:
»Wir werden nicht offiziell heiraten, Leea. Wenn du mit Rummukainen gehen willst, kannst du das natürlich machen, aber wenn du bleiben willst, ist es mir auch recht. Und dir, Rummukainen, verspreche ich: Falls Leea nicht wieder zu dir kommen will, dann bezahle ich dir persönlich ihren Anteil an deinem Haus, damit du nicht mit leeren Händen dastehst. Dem Vorstand der Schule kannst du ausrichten, dass seine Beschlüsse mich nichts angehen, meinet-

wegen soll er dich aus der Gemeinde wegjagen. Das ist eine schulinterne Angelegenheit, aus der ich mich völlig heraushalte.«
Leea wurde erneut wütend. Sie sprang auf und schlug Jaatinen auf die Wange:
»Ich bin dir also nicht gut genug, du Landstreicher! Ich, die ich dir zwei süße Babys geboren habe, muss jetzt von dir, einem ungehobelten Ingenieur, die Ehe erbetteln! So weit würde ich mich niemals erniedrigen, das ist einfach schrecklich.«
»Du kehrst also zu deinem Mann zurück?«, erkundigte sich Jaatinen.
»Nein, nein, tausendmal nein!«
»Nun, was willst du also tun?«, fragte Rummukainen hoffnungsvoll, die Wendung, die eingetreten war, gab ihm noch Chancen.
»Ich bleibe hier und werde dich, Jaatinen, noch dazu zwingen, mich zu heiraten. Und von dir lasse ich mich jedenfalls sofort scheiden, du taube Nuss.«
Rummukainen stand auf und riss seinen Mantel vom Haken, im Gehen sagte er zu Jaatinen:
»Leeas Anteil am Haus beträgt sechsundvierzigtausend Mark, gib ihr das Geld, und sie soll mir dann eine Quittung schicken. Damit ist die Sache aber nicht abgetan, ich werde dich noch im Verlaufe dieses Frühjahrs vernichten. Adieu, und behaltet die Wasserkopf-Bälger, sie waren außerdem rot wie die Ferkel!«
Die Türen knallten, als Rummukainen die Wohnung verließ. Jaatinen schrieb einen Scheck über sechsundvierzigtausend Mark und eine Quittung aus, er übergab Leea den Scheck, die ihrerseits die Quittung unterschrieb. Dann faltete Jaatinen aus der Quittung schnell ein Papierflugzeug, öffnete das

Fenster und rief Rummukainen, der inzwischen auf dem Hof angekommen war, zu:
»Warte, die Quittung ist schon fertig, da, nimm!« Jaatinen warf die gefaltete Quittung hinaus, das kleine Papierspielzeug glitt durch die Luft, beschrieb ein paar elegante Bögen und flatterte Rummukainen vor die Füße. Er bückte sich ungestüm nach dem Blatt und las es im Schein seines Feuerzeugs, dann faltete er es zusammen, steckte es in seine Brieftasche und verließ eilig den Hof. Sein Gesicht glühte sowohl vor Wut als auch vor grenzenloser Freude. Seine Frau war er zwar losgeworden, aber das für einen guten Preis.
In der folgenden Woche wurde der Fall im Vorstand der Schule diskutiert. Direktor Rummukainen konnte die Versammlung nicht davon überzeugen, dass der Skandal nicht vollständig, der Stand der Dinge nicht gänzlich unbefriedigend sei. Rummukainen bat um seine Entlassung, und der Vorstand nahm sie an, sogar mit dem edelmütigen Zugeständnis, dass Rummukainen das Dorf nicht sofort, sondern erst nach Abschluss des Schuljahres verlassen musste. Außerdem versicherte man ihm, dass er gute Papiere und glänzende Empfehlungen bekommen werde, wenn er Kuusmäki verlasse. Der Vorstandsvorsitzende, Bauer Jäminki, sagte zu Rummukainen:
»Du bist schon Jaatinens drittes Opfer, lieber Bruder. Zuerst nahm der Satan sich Kavonkulma, dann vertrieb er Kainulainen von hier und jetzt bist du an der Reihe. Aber versteh bitte, dass der Vorstand in dieser Sache nicht anders entscheiden konnte ..., man muss wirklich sagen, dass der Jaatinen ein verteufelter Mensch ist.«
»Das ist kein Mensch, sondern eine Bestie, und zwar von der schlimmsten Sorte«, knurrte Rummukainen.

Rummukainen gab in der Redaktion der Lokalzeitung eine Annonce ab, in der er sein Haus zum Verkauf anbot. Jaatinen kaufte es über seinen Anwalt aus Helsinki, bezahlte bar, ließ Rummukainen jedoch für seine restliche Zeit, einen Monat, kostenlos dort wohnen. Die Familie Manssila zog allerdings bereits in der oberen Etage ein, denn ihre bisherige Behausung war ziemlich dürftig.

In diesem Frühjahr sprach man in der ganzen Gemeinde, in allen Dörfern, von Jaatinens Zusammenstoß mit dem Schuldirektor. Man war entsetzt über Frau Rummukainens Grausamkeit gegenüber ihrem Mann und wunderte sich, dass sie bereit war, unverheiratet mit dem schrecklichen Ingenieur zusammenzuhausen; man hatte Mitleid mit den beiden unschuldigen Kindern, deren Weinen man manchmal auf dem Platz vor der Bank durchs offene Fenster hören konnte. Es hieß, Jaatinen habe Rummukainen die Frau und die beiden Kinder abgekauft, jemand wusste sogar den Kaufpreis, nämlich dreiundzwanzigtausend Mark pro Kind, die Frau habe es als Draufgabe gegeben.

»Der Millionenräuber kann sich's ja leisten. Erst verkauft er Sand, den er umsonst gekriegt hat, baut sich Fabriken und räumt die Gemeindekasse leer ..., so einer kann sich sogar Weiber kaufen, und kleine Menschenkinder, gleich mehrere auf einmal! Oh Graus, oh Graus.«

22

Leea Rummukainen fand sich relativ mühelos in ihre neue Stellung als Ingenieur Jaatinens nicht angetraute Gattin. Sie richtete seine einfache Wohnung nett her, schaffte ein paar neue Möbel an, nähte hübsche Gardinen und summte zufrieden vor sich hin, wenn sie die Babys stillte.

Jaatinen entwickelte eine starke Beziehung zu seinen Kindern. Er wurde nicht müde, sie mit schräg geneigtem Kopf zu betrachten, seiner Meinung nach waren sie einfach allerliebste Wesen. Wenn er von seiner Fabrikbaustelle heimkam, ging er oft mit seinen Zwillingsmädchen spazieren. Er bettete sie in den Kinderwagen, steckte Schnuller in die kleinen roten Münder, und dann ging es hinaus auf die Straße. Manchmal kam auch Mama Leea mit, doch nicht immer, denn schließlich musste auch der Abwasch gemacht werden.

Wenn die ganze Familie draußen war, geschah es oft, dass Jaatinen seine Schritte zum Fluss lenkte; er schob den Wagen über die neue Brücke und hinter die Böschung, wo sich eine weite, mit Kiefernwald bestandene Heide erstreckte. Die Familie lagerte in der Nachmittagssonne auf einer Decke, die Eltern tranken Kaffee aus der Thermosflasche und die Babys nuckelten an Leeas großen Brüsten. Die Milch schien Frau Rummukainen nie auszugehen. Wenn die Babys tranken, löschte Jaatinen seine Zigarette, denn er sagte sich, dass selbst draußen an der frischen Luft Zigarettenrauch nicht gut für Säuglinge sei.

In solchen sensiblen Augenblicken familiären Zusammenseins brachte Leea manchmal die Möglichkeit der Eheschließung zur Sprache. Jaatinen wies den Gedanken von sich und sagte, er werde die Gemeindesekretärin Irene Koponen zu seiner eigentlichen Ehefrau machen.

»Das Gesetz ist in Finnland nun mal so, dass ein Mann nicht gleichzeitig mit zwei Frauen getraut werden kann«, begründete er seinen Standpunkt. »Wir leben ja jetzt fast wie in einer Ehe, liebe Leea, aber ich möchte noch eine zweite Frau haben. Versuch das zu verstehen.«

Frau Rummukainen konnte nur schwer Verständnis dafür aufbringen, dass Jaatinen die Gemeindesekretärin zur Frau nehmen wollte, doch andererseits wusste sie, dass jene zumindest vorläufig keine Anstalten machte, Jaatinen zu heiraten, ihm vielmehr aus dem Weg ging. So dachte die kluge Frau bei sich, dass vielleicht die Zeit über jene Romanze hinweggehe, Jaatinen die Gemeindesekretärin vergesse, aus der Beziehung nichts werde. Jaatinen wiederum dachte in seinem großen Schädel, dass die Zeit ihm die Gemeindesekretärin zurückbringen werde. Die Zeit und sein Einfluss.

Die Hauptsache war jedoch nach Ansicht beider, dass sie eine harmonische Gemeinschaft bildeten, wenn auch eine inoffizielle. In Anbetracht der Umstände waren sie einigermaßen glücklich. Und wie viel bedeutet es, glücklich zu sein!

Während des ganzen Frühjahrs sprach Leea davon, dass die Zwillinge getauft werden müssten. Jaatinen war dagegen, denn er gehörte nicht der Kirche an und wollte auch seine Kinder nicht dort anmelden, doch da Leea nicht lockerließ, gab er nach. Eines Tages packte er in seiner Mittagspause die Babys in den Wagen und lenkte seine Schritte zum Pfarrhaus. Er hatte Leea nichts davon gesagt, sondern wollte sie überraschen.

Ein wenig peinlich war es ihm schon, zu Propst Roivas zu gehen und die beiden unehelichen Kinder taufen zu lassen, doch andererseits – was hatte das Roivas zu interessieren? Er sollte taufen und sich freuen, dass er zwei neue Mitglieder in seiner Gemeinde aufnehmen konnte.
Jaatinen hatte zuvor mehrere Tage lang über passende Namen für seine Zwillinge nachgegrübelt, ein schwieriges Problem. Schließlich hatte er beschlossen, eines der Mädchen Pirita zu nennen, dieser Name schien ihm sowohl für ein Kind als auch für eine erwachsene Frau geeignet. Der zweite Name war ihm noch nicht eingefallen, aber ihm blieb ja noch ein wenig Zeit zum Nachdenken.
Beim Pfarrhaus angekommen, trug er den großen Zwillingskinderwagen die Eingangsstufen hinauf und direkt ins Amtszimmer des Pastors. Roivas saß an seinem Schreibtisch und staunte, als er den Ankömmling erkannte.
»Nanu, Jaatinen ..., was hat ein Mann, der aus der Kirche ausgetreten ist, hier zu suchen?«
Ein ziemlich unfreundlicher Empfang. Aber Jaatinen ermannte sich und sagte:
»Ich wollte die beiden taufen lassen. Mach dich ans Werk.«
Roivas sprang auf, es war zu sehen, dass er richtig wütend war. »So, also einfach ›taufen lassen‹! Willst du dich über mich lustig machen? Verschone wenigstens mich mit deinen Unanständigkeiten, genügt es nicht, dass du die ganze übrige Gemeinde demütigst? Ich werde diese Früchte der Sünde nicht in den Schoß der Kirche aufnehmen, bild dir das ja nicht ein!«
Jaatinen versuchte den aufgebrachten Kirchenmann zu beruhigen:
»Ich persönlich wollte sie ja gar nicht bei der Kirche anmel-

den, aber Leea hat sich so sehr dafür eingesetzt ..., sie ist manchmal recht kirchlich. Nun tauf die beiden schon, es macht ja keine große Mühe.«

Roivas ging erregt im Zimmer auf und ab. Seine Stirn war schwer gefurcht, er hatte eine belehrende Miene aufgesetzt.

»Du scheinst nicht zu begreifen, Jaatinen. Nach allem, was du hier in Kuusmäki angestellt hast, kann ich nicht mal deine Kinder der Gnade des Herrn empfehlen, und wer weiß, ob es überhaupt deine eigenen sind. Unschuldigen die Taufe zu geben, ist keine so einfache Sache, wie du denkst, ich gerate hier in einen Widerspruch. Schaff mir diese Kinder jetzt aus den Augen, Kerl, ich habe viele Menschen getauft, aber nie so gottloses Volk.«

»Du willst sie nicht taufen?«

»Du wagst noch zu fragen?«

»Dann eben nicht. Ich kann ja zum Bischof gehen.«

»Zum Bischof? Kennst du den Mann?«

Roivas wurde unschlüssig, als die Rede auf den Bischof kam. Er zögerte ein wenig und sagte dann:

»Auch der Bischof wird die beiden kaum taufen.«

»Du brauchst keine Angst zu haben, ich werde sie nicht zum Bischof bringen.«

Jaatinen trug den Wagen hinaus. Roivas folgte ihm, auf der Treppe sagte er:

»Wenn du auch die weltliche Macht hier erlangt hast, so ist jedenfalls die kirchliche Macht in diesem Dorf noch in meiner Hand. Dies ist weniger eine persönliche Sache als vielmehr eine kirchliche Angelegenheit. Kein Seelenhirte mit Selbstachtung würde in einer solchen Situation uneheliche Kinder taufen, es ist einfach ein Unding.«

Wütend schob Jaatinen den Kinderwagen geradewegs zur

Polizeistation und trug ihn zu Kommissar Kavonkulma hinein.

»Schreib die beiden ins Zivilregister, sofort, das gehört ja zu deinem Amt.«

»Jesses, bist du wütend, brüll nicht so herum. Wie heißen die beiden denn?«

»Eine heißt Pirita ..., und die andere meinetwegen Lirita.«

Kurz darauf kehrte Jaatinen nach Hause zurück. Er berichtete Leea:

»Ich wollte die beiden taufen lassen, aber Roivas hat sich quer gestellt. Also bin ich zur Einwohnermeldestelle gegangen, da man sie bei der Kirche nun mal nicht wollte.«

Jaatinen überreichte Leea die Papiere, die Kavonkulma ausgestellt und abgestempelt hatte. Aus ihnen ging hervor, dass die Kinder ins Zivilregister von Kuusmäki aufgenommen worden waren; Jaatinen hatte sogar das richtige Geburtsdatum gewusst. Als Leea die Dokumente gelesen hatte, verschloss sie sie in der Kommodenschublade.

»Roivas hat sich also geweigert.«

»Er wollte sich wichtig machen. In Wirklichkeit gibt es keine Regel, die das Taufen von unehelichen Kindern verbietet.«

»Pirita ... und Lirita ..., recht hübsche Namen hast du dir ausgedacht. Wer von beiden ist wer?«

»Tja, welche wäre Pirita, sie ähneln sich beide so sehr, dass man sie verwechselt. Wollen wir die Kleine, die auf der Seite zur Tür liegt, Pirita nennen?«

»Gut, soll sie Pirita sein.«

23

Der Frühsommer kam, das Schuljahr endete, und damit endete Rummukainens Gnadenfrist in Kuusmäki. Der Vorstand der Gesamtschule veranstaltete eine Kaffeetafel zur Verabschiedung des Direktors. Eingeladen waren die Lehrer der Schule und ein paar von Rummukainens engsten Freunden. Nach der Schulabschlussfeier wurde im Turnsaal zum Kaffee eingedeckt. Die Gäste erschienen rechtzeitig, und man wartete auf den Direktor, der nach der Abschlussfeier in seine Wohnung gegangen war, wohl um seine letzten Sachen zu packen.

Doch Rummukainen ließ sich nicht blicken.

Nach einer guten Stunde Wartezeit schickte man die Religionslehrerin aus, nach ihm zu suchen. Bald kehrte sie zurück, ziemlich erschüttert. Kurz darauf segelte auch der Ehrengast selbst in den Festsaal. Er war stockbesoffen. Eilig schob Konstabler Ollonen, der dem Schulvorstand angehörte, Rummukainen einen Stuhl unter den Hintern, und Jäminki begann mit seiner vorbereiteten Rede.

»Ich danke also dir, Bruder Rummukainen, noch einmal für die Arbeit, die du hier in Kuusmäki für die heranwachsende Generation geleistet hast. Wie keinem anderen ist es dir gelungen, diese unsere Gesamtschule von einer bescheidenen Paukanstalt zu einem hochgradigen Baum des Wissens zu entwickeln! Mit diesen Worten möchte ich dir danken und dir im Namen des Vorstandes als bescheidenes Abschiedsgeschenk diese Kristallvase überreichen, bitte schön. Möge sie als Symbol deines Charakters gelten, der immer klar war und es auch künftig sein soll.«

»Jetzt wird getanzt«, johlte Rummukainen. »Komm her, du verfluchte Religionslehrerin, lass uns eine Runde drehen! Jetzt saufen wir alle auf Onkel Rummukainens Auszug in die Welt!«

Rummukainen war aufgestanden, er ging zum Harmonium und klimperte Tanzmelodien. Ein Seufzer des Entsetzens, auch der Enttäuschung über die verdorbene Feier, ging durch den Saal. Die Religionslehrerin versteckte sich hinter Ollonen und Jäminki. Der Gedanke, dass sie öffentlich mit dem betrunkenen Direktor tanzen sollte, versetzte ihr fast einen Schock; sie zitterte wie ein Mutterschaf. Rummukainen kam zu ihr getorkelt, raubte ihr einen schmatzenden Kuss, vergaß dann jedoch sein eigentliches Anliegen. Konstabler Ollonen, dem die Kristallvase in die Hände geraten war, mischte sich ein; er versuchte den Betrunkenen zu besänftigen.

»Hör auf zu schubsen, Ollonen, und gib die Vase zurück, was fällt dir ein, fremde Geschenke mit dir rumzutragen!«

In diesem Stil ging es vielleicht noch eine halbe Stunde weiter; die Gäste verzogen sich unauffällig einer nach dem anderen, und schließlich blieb Direktor Rummukainen allein zurück. Er zog eine Whiskeyflasche aus der Brusttasche, goss den Inhalt in die Kristallvase und torkelte dann in den Klassenraum, in dem er mehr als zehn Jahre lang die Dorfkinder unterrichtet hatte. Er schrieb an die Tafel: »Leckt mich alle am Arsch, ihr aus Kuusmäki. Rummukainen.«

In dem Glasschrank neben der Tafel standen etliche ausgestopfte Tiere. Rummukainen geriet ins Schwanken, er suchte am Glasschrank Halt, dieser kippte um, und das Anschauungsmaterial ergoss sich in den Klassenraum.

Mehrere kleine Vögel, so ein Dompfaff, eine Schwalbe und

eine Kohlmeise, wurden unter den Füßen des betrunkenen Direktors zertreten, ein großer Birkhahn rollte unter das Lehrerpult. Rummukainen rutschte auf dem Fußboden herum und suchte nach dem Vogel, bekam ihn glücklich zu fassen und taumelte mit ihm und der Kristallvase im Arm aus dem Gebäude. Draußen setzte er sich auf die Treppe, trank und sang dazu mit trauriger Stimme ein Abschiedslied. Er redete mit dem ausgestopften Tier:

»Du bist der einzige Freund, den ich auf dieser Welt habe. Hör mal, ich werde dich mitnehmen, wenn ich von hier weggehe, mein armer, lieber Birkhahn ...«

Die Passanten, die an der Gesamtschule vorbeigingen, sahen mitleidig auf den betrunkenen Direktor und sagten zueinander:

»Rummukainen, dieser früher so korrekte Mann, hat angefangen zu trinken, auch das ist Jaatinens Schuld.«

Rummukainen trank Whiskey aus der Vase und versuchte den staubigen Birkhahn fliegen zu lassen, dabei rieselte es Federn.

»Du lässt Federn, mein Freund ..., mach dir nichts daraus, auch mir geht es nicht viel besser. Da, trink du auch Whiskey, du Hahn von Kuusmäki!«

Leea Rummukainen sah den peinlichen Zustand ihres ehemaligen Mannes. Sie schluchzte eine Weile vor sich hin, schließlich rief sie Kavonkulma an und bat ihn, Rummukainen von der Treppe der Gesamtschule wegzuholen, damit er sich nicht noch mehr blamiere. Kavonkulma betraute Ollonen mit der Aufgabe.

Der uniformierte Konstabler trat auf den Hof der Gesamtschule, er erkannte, dass Rummukainen offensichtlich noch betrunkener war als vorhin auf der Feier.

»Gib mir sofort den Vogel, und gröl hier nicht rum, du machst dich zum Affen.«
»Hör zu, Ollonen, du bist ein besonders dummer Mann, jetzt kann ich es ja sagen, da ich nicht mehr Direktor bin. Du bist dümmer als dieser ausgestopfte Birkhahn. Ach, was bist du für ein dummer Mann, Ollonen.«
»Gib den Birkhahn her, die Leute gucken.«
»Dich gucken sie an, weil du so dumm bist.«
Ollonen wurde wütend. Er versuchte Rummukainen den Vogel aus der Hand zu winden, die Federn stoben nach allen Seiten; bei dem Gerangel glitt Rummukainen die Kristallvase aus der Hand und zerschellte auf den Steinstufen. Ollonen lockerte seinen Griff um den Birkhahn und stieß mit den Füßen die Glasscherben von der Treppe. In diesem Moment schlug Rummukainen ihm mit dem Birkhahn auf den Kopf, dass das Sägemehl aus dem Inneren des Vogels rieselte.
Ollonen versuchte erneut, jetzt noch amtlicher, Rummukainen den ausgestopften Vogel zu entreißen. Die Männer begannen miteinander zu ringen.
»Im Namen des Gesetzes, Rummukainen, gib mir jetzt den verfluchten Birkhahn«, ächzte Ollonen. Rummukainen rang wütend. Er gab den staubenden Vogel nicht her, sondern drosch damit bei jeder sich bietenden Gelegenheit auf Ollonen ein, sodass dessen Uniform bald von oben bis unten mit Federn und Sägemehlstaub bedeckt war. Ollonen bekam Federn in Mund und Rachen, er war nahe daran zu ersticken, in seiner Erregung riss er den Schlagstock vom Gürtel und hieb damit auf Rummukainen ein.
Jetzt konnte Rummukainen entwischen, er rannte, so schnell er konnte, in Richtung Flugplatz davon, in der Hand den zerfledderten Vogel. Ollonen sauste hinterher, die beiden Män-

ner wurden immer schneller und verschwanden unter lautem Gebrüll aus dem Dorf.

»So eine Schande«, sagten die Leute, die das Ereignis verfolgt hatten. »Jetzt nehmen sie auch noch die falsche Richtung, sie laufen zum Flugplatz, die Ärmsten, und dort ist Jaatinen. Oh, oh, wohin soll das alles noch führen!«

Zu dieser Zeit befand sich Jaatinen auf dem Heimweg vom Flugplatz zum Kirchdorf. Schon von weitem hörte er Gebrüll, und bald sah er Direktor Rummukainen in wildem Trab angerannt kommen, wobei er Ollonen laut beschimpfte; in seiner Hand schaukelte ein zerfledderter Vogel.

Als Rummukainen sah, dass ihm Jaatinen entgegenkam, sauste er in den Wald, schlug einen großen Bogen und kehrte erst weiter hinten auf die Landstraße zurück, um seine Flucht fortzusetzen. Konstabler Ollonen hetzte schwitzend hinter Rummukainen her, und auch er schlug um Jaatinen denselben Bogen. Bald verschwanden die Männer auf dem Flugplatz und vermutlich in noch weiterer Ferne.

Jaatinen schüttelte verwundert den Kopf und fuhr weiter. Rummukainen hatte anscheinend im Kirchdorf irgendeinen Auftritt veranstaltet.

Ein recht farbiger Abschied aus Kuusmäki, fand Jaatinen.

24

Die Gebäude der *Nordischen Beton und Lehm* wuchsen schnell in die Höhe, zu Mittsommer nahmen sie bereits das Aussehen einer Fabrik an. Der Flugplatz hatte sich im Laufe des Frühjahrs verändert, er war mit Baracken, Gebäuden und Lagerhallen bestanden; gewaltige Erdmassen waren aus dem glatten Boden gegraben worden, das große sowjetische Förderband ratterte Tag und Nacht und zog feinen Sand und Kies aus der Grube, man mischte den Rohstoff in Betonmühlen, noch bevor die Fabrik endgültig fertig war. Neue Maschinen wurden installiert, Jaatinen brachte den Männern Betonchemie bei, es wurden Festigkeitsberechnungen angestellt und die ersten Brunnenringe zum Erhärten auf das Lagergelände hinter dem Platz gefahren.

Nach Mittsommer stellte Jaatinen fünf weitere Männer zur Arbeit ein, und Anfang Juli wurde die Fabrik endgültig in Betrieb genommen. Als erste Produktserie goss Jaatinen hundert Bauplatten, die seine Ökonomin an eine Baufirma verkauft hatte. Die Fahrzeuge des Käufers holten die Platten ab, sowie sie aus der Produktion kamen.

Ende Juli, nach einem Monat Probelauf, hisste Jaatinen die Fahne auf seiner Fabrik und ließ die Sirene heulen, dass es bis ins Kirchdorf zu hören war. Die Maschinen wurden gestoppt und die Fabrik eingeweiht. An diesem Tag wurde gegessen und getrunken. Jaatinen hatte vor der Fabrik lange Tafeln aus Brettern und Hartfaserplatten aufstellen lassen, sie waren mit Tischtüchern bedeckt und mit Blumen geschmückt, und in Papptellern wurde Lachssuppe serviert. Die ganze Gemeinde war zur Fabrikeinweihung eingeladen worden, und es erschienen mehr als fünfhundert festlich gekleidete Menschen. Es gab genug Lachssuppe für alle, die Blaskapelle spielte, die Sonne brannte auf den heißen Platz hernieder.

Aus Helsinki waren einige Kunden gekommen, denen Jaatinen seine Anlagen vorführte. Die Gleichmäßigkeit des Sandes wurde allgemein bewundert. Der Bankdirektor als Vertreter von Jaatinens Geldgebern sah zufrieden aus. Er erkundigte sich nach den Produktionszahlen und dem Marketing. Pyörähtälä war den ganzen Tag mit den Gästen beschäftigt, er zeigte, erklärte, schloss sogar Geschäfte ab, an seiner Seite die Ökonomin Säviä. Die Arbeiter begleiteten ebenfalls die Ehrengäste durch die Fabrik, auch sie stellten die Anlagen, stellten ihre selbst gebaute Fabrik vor. Und das taten sie besonders gern, denn jeder Mann war an der Fabrik beteiligt. Jaatinens Anteil war zwar der größte, aber fast die Hälfte der Fabrik gehörte den Arbeitern in Form von Aktien, die sie durch nicht abgehobene Löhne erworben hatten.

Bereits im zeitigen Frühjahr war auf der Betriebsversammlung ein Vorstand gewählt worden, dem außer Jaatinen noch Manssila, Pyörähtälä und fünf weitere Arbeiter angehörten. Der Vorstand hatte einen Firmenrat gegründet, und dieser bestand durchaus nicht nur auf dem Papier, sondern er behandelte alle großen Fragen, die das Unternehmen betrafen, jede Entscheidung, die Jaatinen fällte, wurde dem Rat vorgelegt. Als Mitte des Jahres in der Branche die Löhne erhöht wurden, hob der Rat sie um einiges mehr an als die anderen Arbeitgeber. In Überstunden wurde am Giebel der Fabrik eine neue Kantine für die Arbeiter errichtet, daneben eine Sauna und Waschräume.

Im Frühjahr schon hatte Jaatinen auf dem Flugplatz einen Brunnen graben lassen, doch da ein trockener Sommer kam, reichte das Wasser nicht für die durstigen Maschinen der Fabrik. Es wurde horrend teuer, als Jaatinen ein Rohr aus dem Fluss nördlich am Dorf vorbei zum Flugplatz legen lassen musste, und wenn die Männer in den kritischsten Phasen nicht Wasser in Tanks zur Fabrik gefahren hätten, wäre die

Produktion zum Stillstand gekommen. Eine Betonfabrik braucht nämlich vor allem Wasser, gutes Wasser, und dann Sand, gesiebten Sand.
Zur Abdeckung der Betriebskosten musste sich die Firma verschulden. Die Bank in Helsinki war keineswegs gewillt, Jaatinens Fabrik weiteren Kredit zu gewähren, und so wurde der Kredit durch Personalbürgschaft bei der Genossenschaftsbank von Kuusmäki aufgenommen – die ganze Belegschaft setzte ihren Namen unter das Papier, und für einige Monate war wieder Geld da. Jaatinen war gezwungen, die Produktion in drei Schichten laufen zu lassen, denn die Kreditzinsen drückten; es war, als läge eine lähmende Decke über dem Flugplatz. Da nicht gleich Geld von den Kunden kam, wurde es für die *Nordische Beton und Lehm* so eng, dass Pyörähtälä, der für den Zahlungsverkehr verantwortlich war, eines Tages zu Jaatinen sagte:
»Gestern Abend musste ich mich übergeben.«
Als Jaatinen ihn fragte, was er gegessen habe, ob das Kantinenessen verdorben gewesen sei, sagte Pyörähtälä:
»Ich habe kein Essen gespuckt.«
»Was dann?«
»Blut.«
Jaatinen vertiefte sich jetzt so in die Angelegenheiten der Firma, dass ihm für andere Dinge keine Zeit blieb und man ihn kaum noch sah. Je länger er in seinem heißen Büro in die Papiere starrte, desto finsterer wurde er. Die schnell gewachsene Firma rang mit Zahlungsschwierigkeiten, Geld war zwar da, aber für wie lange, für einen Monat, für zwei ...? Die eingehenden Zahlungen verspäteten sich, und der Gewinn war durchaus nicht immer so hoch, wie man gedacht hatte: Besonders die Frachtkosten trieben die Preise in die Höhe, da

man die schweren Betonprodukte auf Tiefladern transportieren musste. Die Mieten für die Fahrzeuge stiegen, Bauplatten wurden beim Transport beschädigt, zumindest behaupteten das die Kunden ..., kein Wunder, dass Pyörähtälä, dieser sonst so lebenslustige Bursche, saures Mineralwasser trank.

Dann, eines Morgens im August, griff sich Jaatinen seine Ökonomin.

»Wir fahren nach Helsinki. Es muss eine Eisenbahn her.«

Jaatinen ging zur Eisenbahndirektion und nahm dort intensive Verhandlungen auf. Man studierte die Karte von Kuusmäki und die Berechnungen der Fabrik ..., die Herren von der Bahn wunderten sich, warum sich Jaatinen nicht schon früher an sie gewandt hatte. Doch andererseits leuchtete ihnen ein, dass der Brückenbauingenieur wahrscheinlich aus Unerfahrenheit zu sehr auf den Straßentransport vertraut hatte.

Der Bau einer Eisenbahnlinie ist keine ganz einfache Sache, auch dann nicht, wenn die zu bauende Strecke nur drei Kilometer lang ist. Jaatinen schlug vor, dass die Trasse zum Seeufer auf der Nordseite des Kirchdorfes geführt würde und dass die Eisenbahndirektion dafür Sorge trüge.

Die Herren reagierten positiv, nachdem sie erfahren hatten, dass die *Nordische Beton und Lehm* den gesamten schweren Teil ihrer Produktion auf diesem Schienenwege transportieren würde.

»Wir werden diese neue Strecke in unsere Pläne aufnehmen ..., und wenn wir die Sache zügig vorantreiben, könnte alles in drei Jahren fertig sein.«

»In drei Jahren?«

»Ja, normalerweise benötigen wir auch für solche kurzen Strecken mehr Zeit, aber da das Gelände ein Kiesrücken zu sein scheint, dauert der Bau nicht lange, lediglich die Planung und Beschlussfassung ... Heutzutage werden nicht so ohne weiteres neue Teilstrecken gebaut, eine neue Trasse entsteht erst nach zähem Ringen.«

»Ich brauche die Strecke in zwei Monaten in betriebsfähigem Zustand, also schon zu diesem Herbst.«

Den Vertretern der Eisenbahndirektion fielen die Unterlagen aus den Händen, so verblüfft waren sie. Sie sahen Jaatinen prüfend an, so als fragten sie sich, ob der Mann wahnsinnig sei.

Bei diesem Stand der Dinge schickte Jaatinen seine Ökonomin nach Kuusmäki zurück. Er selbst blieb in Helsinki, um die Verhandlungen fortzusetzen, obwohl der Partner von der eingetretenen Wendung so überrumpelt war, dass ein Weiterverhandeln überflüssig schien.

Nachts in seinem Hotelzimmer stellte Jaatinen Berechnungen an, er zog mit dem Filzstift Linien auf Pergamentpapier, der Taschenrechner war in ständigem Einsatz. Aus dem Tanzrestaurant im Erdgeschoss klang lärmende Musik herauf, doch er war zu beschäftigt, um sich gestört zu fühlen. Er wusste, dass gerade diese Stunden für das Schicksal der *Nordischen Beton und Lehm* entscheidend waren. Der Morgen nahte viel zu schnell, der Papierstapel auf dem Tisch wuchs, endlose Zahlenkolonnen bedeckten die Blätter. Der Platz auf dem Tisch reichte nicht mehr aus, Jaatinen musste seine Zeichen- und Rechenutensilien auf dem Fußboden ausbreiten. Dort kniete er mit verbissener Miene, als es an der Tür klopfte und die Serviererin mit dem Frühstückstablett hereinkam.

Jaatinen verzehrte sein Frühstück auf dem Fußboden kniend, und als er anschließend noch eine Stunde in seiner unbequemen Haltung dort gehockt hatte, stand er endlich auf, richtete den Rücken gerade und wusch sich das müde Gesicht. Bald danach stopfte er die Papiere in seine Aktentasche, sprang in ein Taxi und fuhr zur Eisenbahndirektion.

Jaatinen breitete seine Papiere auf dem Tisch des Beratungsraumes aus und erkundigte sich dann:

»Ist es nicht so, dass hier eine Weiche hinkommen müsste, und hier die Verladerampe ...? Die Strecke müsste hier entlangführen; dieser Boden gehört mir, und jenen dort könnte ich pachten oder kaufen.«

So müsste es ablaufen, bestätigte man ihm.

Da machte Jaatinen einen Vorschlag:

»Wenn es stimmt, dass Sie drei Jahre brauchen würden, um diesen Streckenabschnitt fertig zu stellen, wie wäre es dann, wenn ich ihn selber baute?«

»Sie?«

»Ja. Ich lasse von einem Bulldozer im Wald die Linie freiwalzen, und anschließend wird gleich der Schotter hingeschafft, es dauert nicht viele Wochen, wenn man durch sandiges Gelände eine Trasse baut. Haben Sie Schienen? Ich gieße die Schwellen aus Beton, das geht mit meiner Anlage problemlos. Lassen Sie uns einen Vertrag abschließen, dass ich die Strecke ziehe und die Schienen lege, Sie die Weiche machen und ich dann noch meinen eigenen Bahnhof baue. Und Sie können über die Strecke verfügen unter der Bedingung, dass ich die Baukosten mit der Fracht verrechnen kann. Ich habe letzte Nacht ausgerechnet, dass der Verkehr in anderthalb Monaten aufgenommen werden kann, vorausgesetzt, Sie haben rollendes Material und eben die Schienen.«

»Das ist ein äußerst gewagtes Unterfangen, es wird nicht gelingen.«

»Es gelingt, wenn man nur will.«

»Der Bau einer Eisenbahn ist keine ganz einfache Aufgabe. Für uns ist ein solcher Vorschlag natürlich günstig, aber wir können uns nicht auf ein Vorhaben einlassen, das von vornherein zum Scheitern verurteilt ist. Der Bau einer Bahn verlangt Fachkenntnisse. Und Geld. Schon allein die Planung ...«

»Ich habe fünf Eisenbahnbrücken gebaut, und auf jeder habe ich die Schienen selber gelegt. In dieser Hinsicht steht nichts zu befürchten. Außerdem verfüge ich über schweres Gerät und Männer. Lassen Sie uns einfach den Vertrag machen, die Sache zu Papier bringen, damit ich nach Hause fahren kann.«

Es dauerte noch zwei Tage, ehe die Eisenbahndirektion einwilligte, dass Jaatinen gegen die künftigen Frachtkosten für den Staat drei neue Bahnkilometer bauen durfte. Als man den Vertrag unterschrieb, sagte der Generaldirektor:

»Nicht einmal während des Krieges sind solche Bauverträge abgeschlossen worden. Sie sind, offen gesagt, der waghalsigste Mann, der je in diesem Haus vorgesprochen hat. Aber setzen wir jetzt unseren Namen unter das Papier, für die Staatsbahn entstehen ja kaum Kosten, lediglich hinsichtlich der Weiche. Ich glaube, dass wir diese Weiche sowieso nie zu bauen brauchen.«

Jaatinen schrieb seinen Namen so nachdrücklich unter den Vertrag, dass die Spitze des Federhalters ein paarmal durch das Papier stieß.

»Die Schienen sind also in Riihimäki? Bringen Sie sie nach Kuusmäki, von dort holen wir sie mit unseren Fahrzeugen ab. Ich muss los«, sagte Jaatinen und brach auf.

Aus einer Telefonzelle am Bahnhof rief er Pyörähtälä und die Säviä an:

»Die Produktionsrichtung wird noch heute geändert. Wir gießen schwere Ware, solche, über die schon Verträge vorliegen. Wir machen WC-Fertigelemente und diese Küchen, die sind zwar erst zum nächsten Sommer vorgesehen, aber wir fangen schon jetzt damit an. Keinen einzigen Brunnenring und keine Betonziegel mehr. Wir können uns jetzt nicht mit Kleinkram abgeben.«

»Bist du betrunken? Wie kriegen wir das Zeug hier weg, so schwere Ware darf man ja nicht auf Tiefladern transportieren.«

»Ich komme noch heute zurück. Wir werden die Eisenbahn selber bauen.«

24

Unmittelbar nach seiner Ankunft in Kuusmäki rief Jaatinen die gesamte Belegschaft zusammen. Die Männer erschienen neugierig in der Kantine, sie wussten, dass Jaatinen in Helsinki für die Firma Verhandlungen geführt hatte, mehr aber auch nicht. Im Kirchdorf kursierten allerdings schon seit mehreren Wochen Gerüchte, dass die Firma in Schwierigkeiten steckte.

»Ich habe in Helsinki mit den Herren von der Eisenbahndirektion den Bau einer eigenen Bahnstrecke hier nach Kuusmäki, zu unserer Fabrik, vereinbart«, verkündete Jaatinen. »Laut diesem Vertrag baut die Eisenbahndirektion die Weiche und stellt uns die Schienen zur Verfügung, wir bauen die Trasse.«

Lärm brandete auf. Eine eigene Bahn? War Jaatinen größenwahnsinnig geworden? Dieser Zweifel schien angebracht.

Pyörähtälä erzählte seine traurige Geschichte von der wirtschaftlichen Lage der Firma. Niemand hatte etwas hinzuzufügen, die Zahlen sprachen für sich.

Die Ökonomin Säviä ergriff das Wort. Sie hatte gute Nachrichten:

»Ich habe mehr als siebenhundert Fertig-WCs und Bäder mit kurzer Lieferfrist nach Polen verkauft. Für den finnischen Markt produzieren wir laufend schwere Bauelemente. Mit Österreich ist ein Vorvertrag über die Lieferung von zweihundert Alpenküchen abgeschlossen worden. Alle diese Produkte sind jedoch so schwer, dass es unrentabel ist, sie mit Tiefladern auf den Markt zu schaffen, es wird zu teuer. Die Eisenbahn ist unerlässlich.«

»Es gibt drei Möglichkeiten: Entweder wir bauen eine eigene Bahn, oder wir lassen die Fabrik mit halber Kraft laufen, und die Hälfte der Leute wird entlassen. Die dritte Möglichkeit ist der Konkurs. Für den Bau der Trasse bleiben uns anderthalb Monate Zeit, dann ist die schwere Ware zur Auslieferung fertig. Wir haben also nur wenig Spielraum, was machen wir?«

So redete Jaatinen. Und er fügte noch hinzu: »Falls wir die Bahn bauen, muss jeder von euch ausnahmsweise Sechzehnstundentage machen, auch an Sonn- und Feiertagen, anderthalb Monate lang. Die Banken geben uns keinen Kredit für den Bau der Bahn, mit anderen Worten, wir müssen es aus eigener Kraft schaffen. Wir können ein bisschen vom Betriebskapital leihen, aber der Bau verschlingt eine Menge Geld, auch wenn die Schienen und die Weiche von der Eisenbahndirektion beigesteuert werden.«

Der Gedanke an eine eigene Eisenbahn erschien den Leuten so ungeheuerlich, dass sie zunächst unfähig waren, dazu Stellung zu nehmen. War ein so großes Bauvorhaben überhaupt durchführbar? Die Gemeinde beantragte seit den dreißiger Jahren den Bau einer Strecke ins Zentrum von Kuusmäki, immer wieder wurde auf den Gemeindevertreterversammlungen sehnsüchtig davon gesprochen, doch bisher hatte sich die Eisenbahndirektion nie für die Strecke interessiert. Und jetzt war der Bau plötzlich Realität, stand auf der Tagesordnung. Eine eigene Eisenbahn nach Kuusmäki!

Jaatinen schlug vor, dass alle nach Hause gehen und sich die Sache überlegen sollten. Jeder sollte selbst entscheiden, ob er bei dem waghalsigen Vorhaben mitmachte oder sich heraushielt.

»Wir versammeln uns heute Abend um zehn Uhr hier auf dem Flugplatz. Diejenigen, die mitmachen wollen, kommen her, wer aber den Bau der Strecke nicht unterstützen will, kann schlafen gehen.«

Die Versammlung löste sich auf. Die Neuigkeit vom Bahnstreckenbau verbreitete sich schnell im Kirchdorf. Die Leute schüttelten die Köpfe, es hieß, oh weh, jetzt ist der Jaatinen übergeschnappt, will sich auch noch seine eigene Eisenbahn bauen. Als Jäminki von dem Projekt hörte, stieß er eine rotzige Lache aus:

»Ich beantrage seit vierzig Jahren eine Eisenbahn nach Kuusmäki und habe sie nicht gekriegt. Auch Jaatinens Treiben hat irgendwo eine Grenze, von so einem verrückten Plan habe ich noch nie gehört. Das ganze Unternehmen geht Pleite, und die Männer leisten kostenlose Arbeit. Jaatinen sollte mal seinen Grips benutzen.«

Abends um zehn Uhr versammelten sich auf dem Flugplatz zwanzig Leute. Die Arbeiter der *Nordischen Beton und Lehm* hatten also einhellig beschlossen, gemeinsam mit Jaatinen die

Trasse zu bauen. Auch ein paar Frauen, die in der Kantine und im Büro beschäftigt waren, kamen zum Flugplatz.
»Wir arbeiten rund um die Uhr, an die Strecke werden Gulaschkanonen gefahren, und jetzt fangen wir sofort an.«
Größere Reden waren nicht erforderlich. Jaatinen kletterte ins Fahrerhaus eines Rodungstraktors, warf den schweren Diesel an und fuhr ans Ende des Flugplatzes. Die Männer folgten schweigend. Einige trugen Motorsägen und Äxte, andere zogen von einer großen Trommel ein Kabel ab, mit dem Kraftstrom zur Strecke geführt und die Baulampen gespeist werden konnten. Die Lampen wurden auf Pfähle gesteckt; sie bildeten eine Lichterkette, die am Augustabend leise im Wind schaukelte. Die Motorsägen wurden eingeschaltet, und die ersten großen Bäume fielen, dass es krachte.
Am späteren Abend überließ Jaatinen den Bulldozer einem anderen Fahrer. Er selbst markierte zusammen mit einigen Männern im Schein der Petroleumlampe den Streckenverlauf. Jaatinen bestimmte die grobe Richtung mit dem Kompass. Bäume wurden eingekerbt, anschließend gefällt und beiseite gezogen. Jaatinen schlug an der Linie glatt geschnitzte Stöcke ein. Man verfuhr ziemlich großzügig.
»Ich habe noch nie bei einer so grimmigen Aktion mitgemacht«, sagte jemand, als man um Mitternacht am Lagerfeuer Erbsensuppe aß. »Die Strecke kriegt eine Menge Kurven, wenn sie im Dunkeln abgesteckt wird.«
Manssila sagte, dass man am Morgen noch einmal nachmessen werde. »Zu Beginn kommt es nicht so sehr auf Genauigkeit an.«
Auch Jaatinen kam zum Feuer. Während er Suppe löffelte, erklärte er den Männern:

»Wir müssen uns beeilen, jeden Tag müssen hundert Meter neuer Trasse fertig werden, durchschnittlich. In dieser Nacht müssen wir ungefähr fünfhundert Meter Linie schaffen. Am Morgen lassen wir dann von den Maschinen die Erde ausheben, und im selben Tempo bringen die Lastwagen Dammsand.«
Der Pappteller war leer. Jaatinen rauchte eine Zigarette und stand dann auf.
»Ich denke, wir gehen wieder an die Arbeit.«
Es wurde eine wahrhaft schreckliche Baustelle. Schon nach einigen Tagen war die Linie auf den gesamten drei Kilometern Länge geöffnet, Bagger hoben die Erde aus, mit Lastwagen wurde die Aufschüttung herangeschafft, und nach einer Woche stampften die Vibrationswalzen mit ihrem ganzen Gewicht den Bahnkörper zu einem festen Untergrund für die Fahrzeuge, die die Schwellen transportierten. Zur gleichen Zeit wurden, vom Flugplatz beginnend, die ersten Schienen gelegt. In einem großen Autokonvoi wurde aus Riihimäki eine Arbeitslok zum Flugplatz geschleppt, wo man sie mit Kränen auf die neuen Schienen hob. Der Arbeitszug wurde mit Betonschwellen und glänzenden Schienen beladen, und dann ratterte er über das fertige Teilstück, um an dessen Ende seine Last abzuwerfen. Von weitem, aus zwei Kilometern Entfernung, waren Detonationen zu hören, dort sprengte Jaatinen einen Felshügel, der der Trasse im Weg stand.
Als die Schienenlegung richtig im Gang war, stellte Jaatinen zusätzlich fünf Facharbeiter aus Riihimäki ein. Die neuen Männer staunten über das enorme Arbeitstempo auf der Baustelle, es erschien ihnen höchst sonderbar. Am meisten wunderten sie sich darüber, dass die Einheimischen auch

dann mit schweißnassem Rücken schufteten, wenn Werkmeister Manssila oder Ingenieur Jaatinen außer Sichtweite waren.
Am Abend fuhren die neuen Männer in ihr Quartier im Kirchdorf, aber Jaatinens eigene Leute rackerten weiter, ohne auch nur im Geringsten auf die Uhrzeit zu achten.
Am folgenden Tag bekamen die neuen Männer die Wühlerei satt, sie sagten, es sei heutzutage nicht üblich, bei der Arbeit den letzten Saft aus sich herauszupressen. Sie schmissen ihr Werkzeug hin und gingen ins Büro, um zu kündigen. Pyörähtälä zahlte sie aus, und sie verließen die Baustelle. Im Gehen sagten sie noch:
»So eine verrückte Baustelle, also ehrlich!«
Die Kunde von Jaatinens Eisenbahnbau verbreitete sich schnell. Neugierige besuchten die Baustelle, vereinzelt erschienen auch Journalisten, schossen Fotos und fragten Jaatinen und seine Männer nach den Arbeiten aus. Die Einheimischen verfolgten ungläubig die neue, gewaltige Aktion, sie konnten sich nicht einmal darüber freuen, dass Kuusmäki nun doch noch seine eigene Eisenbahn bekam. Viele prophezeiten, dass das Vorhaben an seiner eigenen Unmöglichkeit scheitern werde.
»Der hält sich schon für ebenso mächtig wie der Staat, will sich seine eigene Eisenbahn bauen!«
Auch Jaatinens Hauptgeldgeber bekam einen Wink. Ende August erschienen zwei Abgesandte der Bank an der Trasse. Sie gingen über die Kieswälle und beklagten die zerstörte Landschaft.
Schließlich trafen sie auf Jaatinen und Pyörähtälä. Jaatinen fuhr den Bulldozer, Pyörähtälä leitete von der Arbeitslok aus die Mannschaft an.

Als Jaatinen seine Gäste entdeckte, hielt er die heiße Maschine an und sprang müde herunter.

»Sie wollen mir wohl Geld bringen?«, fragte er knapp.

»Es hat sich bis nach Helsinki herumgesprochen, dass Sie eine neue Arbeit angefangen haben. Wir wollten uns die Sache mal ansehen, das ist ja wohl erlaubt. Wir dachten, das Ganze sei nur ein Gerücht, aber es scheint, als würden Sie tatsächlich eine Bahnstrecke bauen.«

Der zweite Mann sagte:

»Bei uns in der Bank hielten wir Sie bisher für einen Mann der Industrie. Was hat das hier eigentlich zu bedeuten?«

»Ich baue ein paar Kilometer Eisenbahn, damit ich den Transport in den Griff bekomme, das ist alles. Die Fabrik läuft weiter, meine Ökonomin kann Ihnen die Lager mit der fertigen Ware zeigen. Diese Baustelle hat die Produktion nicht zum Stillstand gebracht.«

Die beiden Bankvertreter machten vorsichtige Schritte auf dem Bahndamm, einer von ihnen sagte nachdrücklich:

»Dies ist ein riesiges Bauvorhaben. Sie müssen verstehen, dass wir als Ihr größter Geldgeber besorgt sind. Ich kann Ihnen sagen, dass uns eine solche Unternehmensführung noch nicht begegnet ist. Niemand ist bisher auf die Idee gekommen, sich eine Bahnstrecke zu bauen, höchstens eine Stichbahn. Ich muss mit Bedauern feststellen, dass wir Ihnen gegenüber zu gutgläubig gewesen sind. Und leider müssen wir Ihr Unternehmen einer kleinen Prüfung unterziehen, diese mündliche Aussage allein reicht nicht aus, dass wir Ihnen unsere Kredite weiter überlassen können. Sie verstehen wohl, was ich meine?«

»Eine Betriebsprüfung ..., und falls das Ergebnis negativ ist, dann kündigen Sie die Kredite.«

»Ja ..., offen gesagt, wir sehen uns gezwungen, uns ein Bild vom gegenwärtigen Stand der *Nordischen Beton und Lehm* AG zu machen. Bedenken Sie, dass Sie hauptsächlich mit Schuldkapital arbeiten, und wenn etwas passiert, geraten wir in eine schwierige Lage.«

»Also gut. Kommen Sie in zwei Monaten zur Prüfung oder schicken Sie einen Konsulenten. Jetzt im Moment habe ich nämlich keine Zeit, ich muss erst diese Bahnstrecke fertig bauen und den Transport organisieren.«

»Sagen Sie mal, Direktor Jaatinen, finden Sie es denn vernünftig, dass Sie auch selbst auf der Baustelle sind und nicht in Ihrem Büro sitzen? Die laufenden Angelegenheiten werden vermutlich vernachlässigt.«

»Die Firma arbeitet jetzt hier ..., und ich pflege immer da zu sein, wo am meisten zu tun ist. Nachts sitze ich im Büro und diktiere Briefe. Das Direktionsbüro hat derzeit nachts geöffnet.«

Die Bankvertreter fuhren ab. Nach zwei Monaten erschienen die Betriebsprüfer. Sie blieben eine Woche in Kuusmäki, befragten die Arbeiter, prüften die Buchführung, den Kassenstand, die Produktion, steckten ihre Nase in jede Ecke. Die Bahnstrecke war zu dem Zeitpunkt bereits fertig, dreimal in der Woche kam ein Güterzug und holte die Produkte der Fabrik von der Verladerampe ab. Der Bericht der Prüfer fiel hinsichtlich des Unternehmensbildes der *Nordischen Beton und Lehm* AG außerordentlich positiv aus, doch in ihrem Schlusssatz beklagten sie: »Das Unternehmen basiert auf einer risikohaften ökonomischen Denkweise, und es hat nicht den Anschein, als wäre die Unternehmensleitung gewillt, sich die modernen Führungsprinzipien zu Eigen zu machen. Die Beschäftigten schauen geradezu sklavisch zu ihrem Arbeitgeber auf, und es ist kaum anzunehmen, dass der Besitz einiger kleiner Anteile an der Fabrik sie dazu zwingen würde. Doch trotz dieser Bedenken ist die *Nordische Beton und Lehm* AG wirtschaftlich stabil und kann hinsichtlich ihrer Kreditwürdigkeit als unbedingt positiv eingeschätzt werden.«

In der zweiten Septemberwoche wurde die Trasse fertig. Dem Vertrag entsprechend baute die Eisenbahndirektion ein Nebengleis und eine Weiche, dann wurde ein kleines Signalwärterhäuschen aufgestellt, und der erste Probezug konnte auf die neue Strecke geschickt werden.

Der Zug bestand aus mehreren schweren Drehgestellwagen, und am Schluss hing ein gewöhnlicher Reisezugwagen der Bahndirektion. Der Zug glitt langsam auf das Nebengleis, wo an der Weiche Jaatinens ganze Mannschaft zustieg. Die schwere Diesellok kam auf Touren, der Zug glänzte in der warmen Morgensonne, als er anruckte, die Wagen knackten in ihren Fugen, und die dröhnende Lok zog den Zug vom Hauptgleis über die Weiche auf die neue Strecke, hinein in die unberührte Natur, wo sich noch vor einigen Wochen keine Menschenseele aufgehalten hatte. Der Boden bebte, während der Zug langsam über die glänzenden Schienen donnerte; die Männer steckten die Köpfe aus dem Fenster, sie riefen:

»Diese Schienen habe ich gelegt!«

»Erinnerst du dich noch an diese Kurve, hier bin ich mit dem Bulldozer umgekippt!«

»Und dort haben wir nachts am Feuer gesessen!«

Als sich der Zug dem Flugplatz näherte, kamen ihm kleine Jungen entgegengelaufen. Die Erbauer der Trasse drängten sich an den Türen des Reisezugwagens, einige von ihnen kletterten über die Leiter aufs Dach; bald saßen dort schon fünfzehn Männer, jemand stimmte ein Lied an. Feierlich fuhr der Zug auf den Flugplatz, bremste hart, schob sich zur Rampenweiche, wo sich die Einheimischen drängten.

Hier hielt der Zug an. Die Männer sprangen vom Dach herunter, sie zogen den Lokführer heraus, umarmten ihn, in ihren Taschen fanden sich Schnapsflaschen. Der Generaldirektor der Eisenbahn war im Auto eingetroffen, er hielt Ausschau nach Jaatinen, doch der Ingenieur war nirgends zu sehen. Man begann nach ihm zu suchen und entdeckte ihn schließlich drinnen im Waggon. Er schlief fest, sein Kopf war auf die Brust gesunken, man versuchte ihn wachzurütteln, doch zunächst ohne Erfolg.

Als es endlich gelungen war, ihn zu wecken, rieb er sich die Augen und stolperte hinaus in den hellen Sonnenschein, dort begrüßte er zerstreut den Generaldirektor. Der sagte zu ihm:

»Sie haben es also doch geschafft. Ich muss sagen, das ist eine gewaltige Leistung. Wir von der Staatsbahn können nicht aufhören, uns zu wundern. Herzlichen Glückwunsch!«

Der Generaldirektor hielt eine Rede, er stellte die Strecke offiziell in den Dienst der Finnischen Staatsbahn, beglückwünschte die Erbauer und warf einen optimistischen Blick in die Zukunft der Gemeinde Kuusmäki.

Die anwesenden Besucher klatschten eifrig, und dann sollte die Rede des Vertreters der Kommune folgen. Aber Jäminki war nirgends zu sehen. Wer würde im Namen der Gemeinde Kuusmäki sprechen?

Die Gemeindesekretärin Irene Koponen erhob sich. Sie las ihre Rede vom Blatt, errötete dabei und genierte sich ganz offensichtlich. Sie dankte der Eisenbahndirektion, den Trassenarbeitern, und, nach einer kleinen Pause und mit merklicher Anstrengung, sprach sie auch den Dank der Gemeinde an den Initiator des Projektes und Leiter des Trassenbaus aus, ohne jedoch einen Namen zu nennen. Donnernder Applaus begleitete die Sekretärin zu ihrem Platz.

Jaatinen hatte Irene Koponens Rede verzückt gelauscht, seine vorherige Müdigkeit war wie weggeblasen. Er klatschte noch immer, als das übrige Publikum längst mit den Beifallsbekundungen aufgehört hatte. Die Koponen wurde immer röter, und Jaatinen klatschte und fand überhaupt kein Ende.

»Hör auf«, flüsterte sie, als sie in der Zuschauermenge zu Jaatinen vordrang, und erst da kam er auf die Idee, das Klatschen zu lassen. Verlegen betrachtete er seine geröteten Hände und steckte sie tief in die Taschen.

Der Zug wurde ohne weiteres Zeremoniell in die Lagerhalle der Betonfabrik gefahren, und die Eisenbahner luden die schweren Betonelemente auf die Wagen. Die Kräne rasselten. Die schweren, neuen Produkte der *Nordischen Beton und Lehm* fuhren in die Welt hinaus.

Die Feier war zu Ende, die Leute kehrten zu Fuß, mit dem Auto oder dem Fahrrad ins Kirchdorf zurück. Die Vertreter der Eisenbahndirektion unterschrieben einen Haufen Papiere, sie bekräftigten alles nochmals mit Handschlag und fuhren davon. Der Vertreter der Provinzialverwaltung verabschiedete sich ebenfalls, nachdem er Jaatinen die Grüße des Gouverneurs und seiner Gattin ausgerichtet hatte.

Als Letzter machte sich nun Jaatinen mit seinem Fahrrad auf den Weg ins Kirchdorf. Er überholte die Gemeindesekretärin, die zu Fuß wanderte und ihre Handtasche schwenkte. Jaatinen klingelte.

Beide hielten an und standen sich gegenüber. Irene Koponen

sah Jaatinen in die Augen, und er starrte zurück. Beide hatten mächtiges Herzklopfen.
Jaatinen schlug der Gemeindesekretärin vor, sie solle sich hinten auf den Gepäckträger setzen, damit sie nicht bis ins Kirchdorf zu Fuß gehen müsse.
»Oder setz dich vorn auf die Stange.«
Das mochte sie jedoch nicht tun. Und so begleitete Jaatinen sie, indem er sein Rad schob. Als auf dem Flugplatz das Pfeifen des Zuges ertönte, suchte die Hand der Gemeindesekretärin die des Ingenieurs.

26

In diesem Herbst festigte die *Nordische Beton und Lehm AG* endgültig ihre Stellung. Den größten Anteil daran hatte die eigene Eisenbahn: Man war jetzt flexibler und konnte die schwere Ware preiswerter als vorher auf den Markt bringen. Pyörähtälä rechnete aus, dass die Firma drei Jahre lang keine Eisenbahnfracht zu bezahlen brauchte, so lange würde die Amortisation für den Staat dauern.
Nachdem die Bahnstrecke fertig war, nahm Jaatinen wieder eifrig am Vereinsleben von Kuusmäki teil. Man wählte ihn anstelle des weggezogenen Rummukainen zum Vorsitzenden der Reserveoffiziere. Außerdem wurde er Vizevorsitzender der Jagdgesellschaft, und irgendjemand fand sogar, dass sich Ingenieur Jaatinen vielleicht besser zum Präsidenten des Rotary Clubs eigne als Propst Roivas. »Ich will noch nicht, soll Roivas vorläufig Präsident bleiben«, erklärte Jaatinen.

Zum Vorsitz in der Ortsgruppe der Organisation »Rettet die Kinder e. V.« erklärte sich Jaatinen gern bereit. In dieser Funktion adoptierte er sogleich seine eigenen Kinder und ließ sie auf seinen Namen umschreiben. Leea blieb nichts weiter übrig, als die Lösung zu akzeptieren.

Bevor der Boden gefror, kaufte Jaatinen von der Gemeinde ein Grundstück und baute sich ein Haus. Es wurde aus Beton errichtet, wie auch sonst. Innerhalb von drei Wochen entstand ein schmuckes Anwesen, es stand auf einer Anhöhe an zentraler Stelle im Kirchdorf. Während der Bauarbeiten sahen die Dorfbewohner mit Staunen, dass das Haus dreigeteilt war. Es erhielt einen geräumigen Basisteil, an den zwei gleichgroße Flügel angebaut wurden, einer nach Osten, einer nach Westen. In beide Flügel kamen je ein eigenes Bad und eine eigene Küche. Als man Jaatinen fragte, warum er unter demselben Dach drei Wohnungen baut, erklärte er:

»Im westlichen Flügel will ich Leea einquartieren, ich selbst wohne in der Mitte, und im östlichen Flügel wird vermutlich eines Tages die Gemeindesekretärin einziehen. Ich denke nämlich, Irene ist nicht abgeneigt zu kommen.«

Als Irene Koponen von Jaatinens Andeutungen hörte, wurde sie furchtbar wütend; sie empfand den Bau des linken Flügels als Beleidigung. Sie zog keineswegs in Jaatinens Haus ein, und so blieb der linke Flügel des neuen Gebäudes leer.

Im Oktober begann der Kommunalwahlkampf. Jaatinen wurde zum Vorsitzenden der zentralen Wahlkommission gewählt, denn er genoss große Unterstützung über die Parteigrenzen hinweg. Er selbst kandidierte nicht für die Wahlen, wenngleich er den Wahlkampf sehr ernst nahm.

Jaatinen prüfte sorgfältig die Konstellation auf den Kandidatenlisten. Er schrieb sich die Namen der Kandidaten heraus, die ihm genehm waren. Dann bat er Chefredakteur Itkonen um eine Unterredung:

»Sieh zu, dass diese Kandidaten vor den Wahlen ständig in deiner Zeitung präsent sind. Die Kandidatur der anderen erwähnst du überhaupt nicht, und Annoncen von Außenstehenden werden auch nicht abgedruckt, nicht für Geld und gute Worte. Aber jedem der Kandidaten, die hier auf meiner Liste stehen, stellst du kostenlos reichlich Spalten zur Verfügung, und ihre Wahlankündigungen bezahle ich. Ist das klar?«

Itkonen war entsetzt. Er warf Jaatinen vor, dass er der journalistischen Arbeit Fesseln anlege.

»Genügt es nicht, dass ich in jeder Nummer deine Firma groß rausstelle, musst du dich auch noch in den Verlauf der Kommunalwahlen einmischen? Du bist ein richtiger Dreckskerl.«

»Du hast Recht, aber trotzdem machen wir es so. Ich brauche eine besondere Gemeindevertretung in dieser Kommune, und deine journalistische Ethik fällt da nicht ins Gewicht.«

Itkonen sah sich Jaatinens Liste an.

»Wo steht Jäminkis Name? Er ist immerhin der Vorsitzende der jetzigen Gemeindevertretung.«

»In diesen Wahlen wird von Jäminki keine Rede sein. Er wird nicht in die Gemeindevertretung gewählt, das steht unumstößlich fest.«

Zähneknirschend gab Itkonen nach. Er gab sogar so weit nach, dass er von jedem Kandidaten Jaatinens Plakate druckte und bis in die entlegensten Dörfer fuhr, um sie an Scheunen und Milchböcke zu kleben. Die Lokalzeitung war voll von Interviews mit Jaatinens auserwählten Kandidaten, die anderen wurden gar nicht erwähnt.

Inzwischen nahm Jaatinen Kontakt zu seinen bevorzugten Kandidaten auf. Er erklärte ihnen offen, dass er sie im Wahlkampf unterstütze, und gab ihnen zu verstehen, was das für die Zeit nach den Wahlen bedeute. Nur zwei Kandidaten verweigerten die Zusammenarbeit nach den Wahlen, und Jaatinen strich sie ohne viel Federlesens von seiner Liste. Die entsprechenden Plakate verschwanden umgehend aus der Landschaft, und die Namen der Männer wurden nicht mehr in der Lokalzeitung abgedruckt. Und sie wurden auch nicht in die Gemeindevertretung gewählt.

Eine Woche vor den Wahlen drangen Jaatinens Aktivitäten an die Öffentlichkeit. Man begann in der Gemeinde von »Jaatinens Wahlen« zu reden. In der Lokalzeitung erschien daraufhin ein kurzer Artikel, in dem Jaatinen auf die Gerüchte einging: »Die Bürger von Kuusmäki wählen in freien, gleichen und allgemeinen Wahlen ihre Kandidaten in die Gemeindevertretung. Ich für meinen Teil leiste Wahlarbeit über die Parteigrenzen hinweg und an ihnen vorbei, doch das bedeutet lediglich, dass ich als ortsansässiger Unternehmer solche Personen unterstütze, auf deren Fähigkeit und Tüchtigkeit ich absolut vertraue. Jaatinen.«

Dann endete der Wahlkampf, die eigentlichen Wahlen begannen. In seiner Eigenschaft als Vorsitzender der zentralen Wahlkommission saß Jaatinen im Wahllokal des Kirchdorfes hinter dem Tisch. Er sah jedem, der zur Abstimmung kam, in die Augen, und so manche einfache Frau knickste vor ihm. Jemand fragte sogar, ehe er in die Kabine ging:

»War die Nummer 16 einer von den Kandidaten, die Sie billigen?«

Als Propst Roivas im Wahllokal erschien, verweigerte Jaatinen ihm den Stimmzettel. Es stellte sich heraus, dass Roivas aus irgendeinem Grunde nicht in der Wählerliste eingetragen war.
»Was soll das bedeuten?«, murrte der Propst. »Ich habe immerhin das Wahlrecht.«
»Nicht in diesen Wahlen. Ich bedaure, aber aufgrund eines Fehlers ist dein Name aus der Wählerliste gefallen, deshalb kann ich dir keinen Stimmzettel geben. Wo der Fehler passiert ist, weiß ich nicht, aber nach dem Gesetz kannst du jetzt nicht abstimmen. Bei den nächsten Wahlen dann wieder, nachdem der Fehler korrigiert worden ist.«
»Du hast selber in der Wählerliste herumgeschmiert«, äußerte Roivas missmutig seine Zweifel.
»Manche taufen keine Kinder und wählen auch nicht, so liegen nun mal die Dinge. Beschwer dich bei der Provinzialverwaltung, oder ruf meinetwegen den Bischof an.«
Roivas verließ wütend das Wahllokal.
Im Dorf beklagte man den Vorfall: »Der Ingenieur fühlt sich jetzt stark, weil er eine eigene Fabrik hat. Und seine eigene Eisenbahn. Er hat nicht mal den Propst abstimmen lassen.«
Am Abend des zweiten Wahltages schloss Jaatinen genau zur festgesetzten Zeit die Türen des Wahllokals. Er schüttete den Inhalt der Wahlurne auf den Tisch, und man begann, die Stimmen auszuzählen. Die Sekretärin der Wahlkommission, Irene Koponen, machte sich bereit, die Ergebnisse zu notieren, die Mitglieder der Wahlkommission zählten, Jaatinen überwachte den Vorgang.
Nach zwei Stunden waren die Stimmen ausgezählt. Die Ergebnisse aus den anderen Wahllokalen hatte man bereits vorher telefonisch erfahren. Je weiter die Stimmenauszählung

vorangeschritten war, desto zufriedener hatte Jaatinen gewirkt. Besonders interessierte er sich für die Anzahl der Stimmen, die Bauer Jäminki erhalten hatte. Auf Jäminki entfielen in diesen Wahlen insgesamt zweiundzwanzig Stimmen. Mit einem so geringen Ergebnis kam der Bauer nicht in die Gemeindevertretung von Kuusmäki.

»Jäminki scheint herausgefallen zu sein. Wie viele Stimmen hatte er bei den letzten Kommunalwahlen?«

»Über sechstausend.«

Mehr als sechzig der Stimmzettel mussten für ungültig erklärt werden. Auf manchen war keine Ziffer eingetragen, sondern ein Text, zum Beispiel »Für Jaatinen«, »Für den Ingenieur«, »Für die *Nordische Beton und Lehm*«, »Für Jaatinens Männer«. Solche Stimmzettel wurden also ausgesondert. Auch ein paar leere Zettel waren dabei. Auf einem Zettel war in Druckbuchstaben vermerkt: »Gott zahlt es Jaatinen heim.« Auch dieser Stimmzettel war ungültig.

Jaatinen verglich das Wahlergebnis mit seiner eigenen Liste. Er bemerkte, dass die Einwohner der Gemeinde bewundernswert folgsam seine Kandidaten in die Gemeindevertretung gewählt hatten, mit zwei Ausnahmen. Die meisten Stimmen hatte Manssila bekommen. Auch Pyörähtälä hatte gut abgeschnitten. Als die Wahlkommission nach der Stimmenauszählung auseinander ging, blieb Jaatinen noch mit Irene Koponen im Raum zurück.

Die Sekretärin sagte tadelnd:

»Du hättest den Propst wenigstens abstimmen lassen sollen, du hast den alten Mann lächerlich gemacht. Du bist so kalt und hart geworden.«

»Wer hat denn dafür gesorgt? Ich sage es dir.«

Jaatinen erinnerte Irene Koponen an ihr gemeinsam verbrachtes Mittsommerfest vor anderthalb Jahren, an seinen schmählichen Hinauswurf, und er erzählte ihr auch, wie man ihn unter Gewaltanwendung auf die Polizeistation geschleppt hatte und wie er anschließend nach seiner Flucht einsam im Wald herumgeirrt war.

»Du gibst hoffentlich nicht mir die Schuld an den Vorfällen.«

»Es ist eine alte Geschichte, aber sie nagt noch an mir, vor allem die Tatsache, dass du mich so unschön aus deiner Wohnung geworfen hast. Das war niederträchtig.«

»Ich war so erregt.«

»Ich noch mehr.«

»Lass uns nicht mehr davon reden«, bat sie. »Warum hast du angefangen, auch mich lächerlich zu machen? Du hast gesagt, der östliche Flügel deines Hauses ist für mich gebaut. Kann man eine Frau tiefer verletzen?«

»Es ist keine Beleidigung, ich meine das alles ernst. Ich liebe dich noch immer. Wie ist es, liebst du mich?«

Sie antwortete nicht, sondern raffte ihre Papiere vom Tisch, stand auf und brachte sie in den Schrank. Dann holte sie ihren Mantel vom Haken, zog ihn an und wollte gehen.

»Vielleicht könntest du mich nach Hause bringen«, sagte sie.

Jaatinen eilte zu ihr, nahm ihren Arm in den seinen und führte sie hinaus. Eingehakt gingen sie die Hauptstraße entlang, vorbei an Vornanens Denkmal, später auch an Jaatinens Haus. Fräulein Koponen blickte zum östlichen Flügel, sagte aber nichts.

Vor dem Haus, in dem Irene Koponen wohnte, blieben sie endlos lange aneinander gelehnt stehen. Jaatinen hielt die Hand der Gemeindesekretärin, überlegte, ob er sie küssen sollte, tat es aber nicht. Die Stimmung war irgendwie zu delikat dazu.

Schließlich trennten sie sich, zuvor drückten sie sich noch einmal, Irene Koponen hauchte einen leichten Kuss auf Jaatinens Wange. Er ging mit glühendem Gesicht nach Hause. Leea hatte sich offenbar schon hingelegt, auch die Babys schliefen.

27

Propst Roivas zürnte Jaatinen so sehr, dass er kein einziges Mal zum Flugplatz fuhr, um sich die Fabrik oder die Eisenbahn anzusehen, obwohl ihn große Neugier plagte. Desgleichen war er nicht bereit, mit seinem kleinen schwarzen Auto über die neue Brücke zu fahren, die Jaatinen gebaut hatte, sondern er benutzte zur Flussüberquerung trotzig die alte Holzbrücke. Roivas hatte Vertrauen in die alte Brücke, und tatsächlich trugen die morschen Planken das Gewicht seines Kleinwagens noch gut. Diese Art der Flussüberquerung war allerdings ein wenig umständlich. Um auf die alte Brücke zu gelangen, musste Roivas nämlich erst die rot-gelbe Sperrschranke zur Seite ziehen und sie anschließend, wenn er mit seinem Auto auf die Brücke gerollt war, wieder zurückziehen, die gleiche Prozedur dann noch einmal auf der anderen Seite mit der dortigen Sperrschranke.
Diese Gewohnheit wurde Roivas schließlich zum Verhängnis.
Jaatinen erfuhr nämlich von der Sache. Er beschloss, die alte Brücke abzureißen, damit Roivas sich nicht gefährdete, wenn er sie benutzte – eines Tages würde die Brücke näm-

lich durchgefault sein und der Propst womöglich mitsamt seinem Auto in den Fluss fallen. So kaufte Jaatinen dem Straßenbauamt also die alte Holzkonstruktion ab und schickte ein paar Männer hin, die sie abreißen sollten. Die Balken wurden zum Flugplatz geschafft, wo man sie dazu benutzte, die Verladerampe zu verlängern. Der Abriss war schnell erledigt, er dauerte nur zwei Tage. Roivas befuhr die Gegend zu jener Zeit nicht, sodass er nicht ahnte, dass die Brücke weg war.

Bald darauf kam Bischof Huhtinen, ein großer, ruhiger und frommer Mann, zu einer Inspektionsreise nach Kuusmäki. Propst Roivas stellte ihm die Kirchgemeinde vor. Man besichtigte die Sakristei, sprach mit Gläubigen, besuchte die Molkerei, und am Abend des Inspektionstages, als bereits die Dunkelheit hereingebrochen war, fuhren beide gemeinsam in Roivas' Auto in ein entlegenes Dorf, um eine Andacht zu halten. Bei der alten Brücke hielt Roivas sein Auto an, zog gewohnheitsmäßig die Sperrschranke zur Seite, stieg wieder ins Auto und fuhr los.

Aber da war keine Brücke mehr, und das Auto stürzte mitsamt Propst und Bischof in den finsteren, oktoberkalten Fluss.

Es war ein entsetzlicher Fall. Der VW-Käfer überschlug sich ein paarmal in der Luft, dann klatschte er ins Wasser. Die Strömung drückte das Auto gegen den Brückenkasten in der Flussmitte; dabei wurden die Türen so verbeult, dass sie sich nicht mehr öffnen ließen. Das Auto lag auf dem Dach, die Räder zeigten zum Himmel, der Motor verstummte, die Lichter erloschen. Drinnen im Auto riefen Propst Roivas und Bischof Huhtinen um Hilfe. Wasser strömte durch den Fensterspalt in den Wagen.

Wütend versuchten die beiden Kirchenmänner, die Autotüren zu öffnen, doch ohne Erfolg. Das Wasser im Wagen stieg und reichte ihnen schon fast bis zum Hals. Das Ende schien unausweichlich, doch endlich floss kein Wasser mehr nach, es stand nun genauso hoch wie der Fluss. Die Männer waren mit den Köpfen über der Oberfläche geblieben, sie hielten sich an den Autositzen fest, die sich über ihnen befanden.

»Jetzt müssen wir auf Gott vertrauen«, sagte der Bischof, doch der Propst stimmte nicht in seine eifrigen Gebete ein. Er saß finster im Wasser.

»Bete für dein Leben«, sagte der Bischof.

Aber Roivas betete nicht, sondern murmelte nur etwas Unverständliches vor sich hin. Bald merkte der Bischof, dass Propst Roivas fluchte, derb wie der schlimmste Heide. Dies entsetzte den frommen Bischof, er tadelte seinen Untergebenen, doch der kümmerte sich jetzt nicht um die hohe kirchliche Stellung des anderen. Der Tod nahte, was nützte es da, wenn der Bischof Gebete brabbelte.

Die Andacht, zu der Bischof und Propst unterwegs gewesen waren, konnte nicht beginnen, da die Kirchenmänner nicht kamen. Die Anwesenden wurden unruhig, sie riefen im Pfarrhaus an und erfuhren, dass beide bereits vor längerer Zeit losgefahren seien.

Nun fuhr man ihnen entgegen, um zu erforschen, was sie aufgehalten hatte. Roivas war sonst stets pünktlich gewesen, vielleicht hatte er eine Panne, womöglich gar einen Unfall.

Das Auto des Propstes war nirgends zu sehen. Die Abgesandten des Dorfes fuhren unruhig die Straße ab, sie waren gut eine Stunde unterwegs. Schließlich alarmierten sie Konstabler Ollonen und Feuerwehrchef Jokikokko, damit diese sich an der Suche beteiligten. Als Ollonen zum Fluss fuhr, beschloss er, nach der alten Brücke zu sehen, denn er kannte die Gewohnheit des Propstes. Sowie Ollonen auf die Straße zur alten Brücke einbog, sah er mit Entsetzen, dass die Sperrschranke zur Seite gezogen war. Ollonen bremste scharf, es fehlte nicht viel, und er wäre ebenfalls in den Fluss gefahren. Im Schein der Taschenlampe sah er das schwarze Auto mit den Rädern nach oben im Wasser liegen, aus dem Inneren drangen gedämpfte Flüche und Gebete.

Nun wurde Großalarm gegeben. Jokikokko stieg in einen Taucheranzug, er schwamm zum Auto, konnte jedoch die Türen nicht öffnen. Die beiden Männer drinnen waren völlig erschöpft, ihre Stimmen kaum mehr zu hören. Das eiskalte Wasser ließ sie erstarren, der Bischof betete leise.

Am Ufer überlegte man fieberhaft, wie man das Auto aus dem Fluss bergen konnte. Man brauchte einen Kran, doch woher sollte man den jetzt nehmen, es gab in der ganzen Gemeinde keinen.

Oder doch, Jaatinen besaß Kräne!

Da half keine Ziererei, Jokikokko und Ollonen fuhren los, um Jaatinen anzurufen und ihn um einen Kran zu bitten.

»Der Bischof und der Propst sind im Fluss, es ist dringend. Die beiden erfrieren im Auto, wenn wir sie nicht bald herausholen.«

Jaatinen sprang auf sein Fahrrad und fuhr im Eiltempo zum Flugplatz. Unterwegs hatte er Zeit, sich ein paar Gedanken zu machen. Propst Roivas war also in seiner, Jaatinens, Falle gelandet. Aber hatte er denn wirklich die Absicht gehabt, sich an Roivas zu rächen, noch dazu so grausam? Jaatinen war nicht wohl zumute, während er über die Sache nachdachte. Der Abriss der Brücke war ein Husarenstreich gewesen, eine Falle hatte es jedoch nicht werden sollen.

Bald hatte Jaatinen den Flugplatz erreicht, und ihm blieb keine Zeit für weitere Überlegungen. Er kletterte ins Führerhaus des Krans, startete die Maschine, prüfte, ob er genug Ketten und Stahltrossen dabeihatte, und donnerte dann mit dem Raupenkettenfahrzeug in Richtung Kirchdorf. Der Kran war groß und bewegte sich aufreizend langsam vorwärts. Jaatinen drückte das Gaspedal herunter, der schwere Bagger donnerte über die Zufahrtsstraße und hinein in das von Straßenlampen erhellte Kirchdorf. Jaatinen ließ die Maschine mit Höchstdrehzahl laufen. Der Ölstandsanzeiger zeigte Rot – würde der Diesel ein so scharfes Tempo durchhalten? Er musste. Im Fluss lagen zwei Männer, der Bischof und der Propst, im Sterben.

Endlich traf Jaatinen an der neuen Brücke ein. Er stoppte den Kran und richtete die Scheinwerfer auf das Auto im Fluss. Jokikokko schwamm hinüber und befestigte die Stahltrossen an den Achsen des Wagens. Der Arm des Krans hob sich, die Trossen spannten sich, das Auto kam langsam hoch. Aus den Türspalten floss Wasser, drinnen waren Klopfgeräusche zu hören, als der Bischof und der Propst mit den Fäusten gegen die Wände schlugen. Jaatinen setzte das Auto auf die Brücke, wo es seitlich aufkam. Man musste ein Brecheisen zu Hilfe nehmen, um die eingedrückte Seitentür öffnen und zunächst Bischof Huhtinen, dann Propst Roivas herausziehen zu können.

Die kältestarren Kirchenmänner wurden auf Tragen gelegt, die man eiligst in den wartenden Krankenwagen schob. Ab ging's mit heulenden Sirenen zur Bettenstation des Gesundheitszentrums. Senni Matilainen, die berühmte Masseuse der Gemeinde, wurde herbeigerufen, damit sie die Männer durchknetete, zuerst den Bischof, dann den Propst.

In der Nacht, nachdem Masseuse und Arzt das Zimmer verlassen hatten, sagte Bischof Huhtinen zu Propst Roivas:
»In der Stunde der Not warst du, lieber Bruder, schwach und ehrlos, du hast nicht zu Gott gebetet. Ich habe gebetet, und wie du siehst, schickte er einen Ingenieur mit dem Kran, um uns zu retten.«
»Vergib mir meine Schwäche«, erwiderte Roivas aus seinem Bett.
»Bitte nicht mich, sondern bitte Gott um Vergebung. Aber sag mir doch, wann wolltest du in Pension gehen?«
»In zwei Jahren, wieso?«
»Ich schlage vor, dass du schon im nächsten Monat deine Entlassung aus dem Amt einreichst. Du bekommst die volle Rente, und über die Sache wird nicht mehr gesprochen. Versuch zu verstehen, dass ich immerhin der geistliche Leiter dieses Bistums bin. Ich kann nicht zulassen, dass das Gotteshaus dieser Gemeinde einem Diener untersteht, der im Notfalle bereit ist, sich vom Herrn abzuwenden.«
»Ist das dein Ernst? Der Mensch ist schwach, kannst du mir nicht vergeben?«
»Ich kann meinen Entschluss nicht umstoßen.«
Roivas lag eine lange Weile stumm in seinem Bett. Schließlich sagte er mit schläfriger Stimme:
»Du bist ein Arschloch, Huhtinen.«

28

Die neue Gemeindevertretung von Kuusmäki traf sich Ende Oktober zu ihrer konstituierenden Sitzung. Jaatinen verfolgte das Ereignis als Zuschauer. Er nahm sich einen Metallrohrstuhl und setzte sich an die linke Seite des Sitzungssaals, von wo er die neu gewählten Gemeindevertreter ungehindert beobachten konnte.

Wie zu erwarten war, wählten die Abgeordneten Manssila zu ihrem Vorsitzenden. Die Vertreter für die einzelnen Ausschüsse wurden entsprechend des Kräfteverhältnisses gewählt. Während der Kaffeepause kamen die Vorsitzenden der größten Fraktionen zu Jaatinen und begrüßten ihn; sie fragten, ob die Sitzung so verlaufen war, wie es sein sollte.

»Vorläufig bin ich zufrieden.«

Nach der Pause stellte Pyörähtälä einen neuen Vorschlag zur Diskussion, nämlich die Einrichtung des Amtes eines Gemeindedirektors.

»Bisher war Bauer Jäminki Gemeindevorsteher. Er hat halbtags auch die Aufgaben des Gemeindedirektors wahrgenommen. Aber wie wir wissen, ist Jäminki in diesen Wahlen gar nicht in die Gemeindevertretung gelangt, sodass er verhindert ist, seine Tätigkeit zum Wohle der Gemeinde fortzusetzen. Ich habe mit dem neuen Vorsteher gesprochen, und er hat gesagt, dass er sich nicht mit den laufenden Angelegenheiten der Gemeinde befassen, sondern sich auf sein Ehrenamt beschränken will. Es gilt außerdem zu bedenken, dass die Menge der laufenden Angelegenheiten in letzter Zeit enorm gewachsen ist, schließlich ist im Ort Industrie entstanden, und sogar eine Eisenbahn ist nach Kuusmäki gebaut

worden. Die Aufgaben der Kommune sind inzwischen so vielfältig, dass die Gemeindesekretärin nicht mehr alle Routineaufgaben allein bewältigen kann. So schlage ich also vor, dass die Abgeordneten beschließen, in Kuusmäki das Amt eines Gemeindedirektors einzurichten.«
Dem Vorschlag wurde umgehend zugestimmt. Gleichzeitig wurde beschlossen, das Amt auszuschreiben.
Im November, nach Ablauf der Bewerbungsfrist, trat die Gemeindevertretung zusammen, um den Gemeindedirektor zu wählen. Es waren etliche Bewerbungen eingegangen, und Manssila stellte die Bewerber vor. Vor der Beschlussfassung bat Pyörähtälä ums Wort:
»Dann noch eine Sache. Ingenieur Jaatinen hat mir gegenüber geäußert, dass er ebenfalls zur Verfügung steht, wenn es an die Besetzung des Amtes des Gemeindedirektors geht.«
»Ich unterstütze Jaatinen«, verkündete Manssila. »Gibt es weitere Vorschläge?«, fuhr er fort.
Die Abgeordneten blieben still. Jaatinen sah alle scharf an, niemand bat ums Wort. Schließlich sagte Manssila:
»Da es keine Unterstützung für andere Vorschläge gibt, betrachte ich Ingenieur Akseli Jaatinen als den vom Gemeinderat gewählten Gemeindedirektor. Herzlichen Glückwunsch, Jaatinen.«
Am Abend montierte Jaatinen sein Türschild ab, ritzte etwas hinein und schraubte das Schild wieder an. An seiner Haustür stand nun zu lesen:
Ingenieur Jaatinen
(Gemeindedirektor)

29

Als Jäminki die Lokalzeitung las, auf deren Titelseite, über zwei Spalten, ein Bild von Jaatinen prangte, daneben die Nachricht, dass der Ingenieur zum Gemeindedirektor von Kuusmäki gewählt worden sei, bekam der Bauer einen solchen Wutanfall, dass er die Zeitung in Stücke riss.

»Verflucht noch mal! Nun hat er sich auch noch das Amt des Gemeindedirektors zugeschanzt. Jetzt begreife ich, warum der Millionenräuber die Wahlen so geführt hat. Und mich hat er gleich ganz aus dem Gemeinderat rausgekantet, dieser Saukerl ...«

Jäminki fluchte in der Stube so derb, dass die Schwiegertochter rasch die Kinder ins Nebenzimmer brachte; die Kleinen sahen mit ängstlichen Augen auf den Großvater, der herumtanzte wie ein Derwisch.

»Erst hat er Kavonkulma bestochen, dann Kainulainen zur Hölle geschickt, anschließend ist er mit Rummukainens Frau ein sündiges Bündnis eingegangen und hat Rummukainen aus dem Amt getrieben, und inzwischen ist auch schon Roivas ins Wasser geschmissen und in Rente geschickt worden ... Mich hat er aus dem Gemeinderat gedrängt, aber das hat noch ein Nachspiel, Jaatinen kennt mich noch nicht gut genug! Verdammt, ich werde ihm und der ganzen Gemeinde zeigen, dass man mich nicht einfach kaltstellen kann. Ich habe Geld und Land, seine Fabrik wird noch an ihrem eigenen Wahnsinn ersticken, wenn ich erst mal den großen Gang einschalte.«

Gleich am nächsten Morgen fuhr Jäminki ins Kirchdorf, hob sein Geld von der Bank ab und nahm außerdem auf seinen

Hof noch einen Kredit von einhunderttausend Mark auf. Dann fuhr er mit einem Notar zu einem gewissen Kääriäinen, der einen kleinen Bauernhof hinter dem Flugplatz, zu beiden Seiten von Jaatinens Eisenbahn, besaß.
Jäminki kaufte Kääriäinen unverzüglich fünfzehn Hektar Land zu beiden Seiten der Bahn ab. Der Preis war schwindelerregend, fast zweihunderttausend Mark. Jäminki schrieb Kääriäinen einen Scheck aus, die Papiere wurden fertig gemacht, das Eigentumsrecht ging an Jäminki über, dass es nur so krachte.
Hinterher saß Kääriäinen glücklich in seiner Wohnstube, in der Hand hielt er den großen Scheck. Seine Frau wollte nicht recht an den Handel glauben, doch als sich Kääriäinen im Kirchdorf Jäminkis Scheck hatte bestätigen lassen, war auch seine Frau endgültig überzeugt. Noch am selben Tag fuhr ein Fahrzeug des städtischen Schlachthofes auf Kääriäinens Hof, und die Bauersleute, glühend vor Eifer, führten ihre fünf Kühe und das Kleinvieh auf die Ladefläche. Kääriäinen nagelte Türen und Fenster des Kuhstalls mit Brettern zu, ging in die Stube und sagte freudestrahlend zu seiner Frau:
»Emmi, wir sind jetzt reich. Jetzt wird nie mehr gearbeitet.«
»Einverstanden, lieber Kääriäinen.«
Zwei Wochen später, als er die Parzellierungsunterlagen erhalten hatte, rief Jäminki bei Jaatinen an:
»Es sieht jetzt so aus, Jaatinen, dass ich von Kääriäinen fünfzehn Hektar Land gekauft habe. Und es ist genau das Land, über das deine Eisenbahn fährt. Im Geschäft inbegriffen ist dein Pachtvertrag, den du mit Kääriäinen abgeschlossen hast. Ich kündige jetzt diesen Pachtvertrag, und zwar nach Ablauf eines halben Jahres ab dem heutigen Tag. Du kannst deine Bahngleise aufwickeln, ich habe nämlich beschlossen, genau an der Stelle auf drei Kilometern Gerste anzubauen.«

»So so. Gib mir aber trotzdem die Kündigung schriftlich, ich will mir erst mal alles durchlesen«, sagte Jaatinen und legte auf. Dann telefonierte er mit seinem Anwalt in Helsinki. Nach kurzer Beratung kamen sie zu dem Schluss, dass die Situation ernst war. Die Bahnstrecke würde erst in drei Jahren an die Staatsbahn übergehen, nachdem Jaatinen die entstandenen Kosten durch die Fracht hereingeholt hätte. Somit war die Strecke also Privatbesitz, und ein Privatmann kann nicht ohne weiteres den Boden eines anderen Privatmannes zwangsenteignen. Eine böse Sache. Doch es blieb ja noch ein halbes Jahr Zeit.

Jaatinen holte sofort zum Gegenschlag aus. Er ließ Jäminkis Land in den Bebauungsplan aufnehmen und die Uferzone als allgemeines Erholungsgebiet festsetzen. Der Bauer könnte das Gelände zumindest nicht für Villengrundstücke verkaufen. Aber die Überplanung des Streckenuntergrundes würde länger dauern, und es blieb nur ein halbes Jahr Zeit ..., da musste eine andere Idee her.

»Ich werde dem Querkopf eine richtig böse Lehre erteilen«, beschloss Jaatinen.

30

Der Leiter der Abteilung Gemeindeverwaltung im Innenministerium bearbeitete die Papiere, die sich auf seinem Schreibtisch angehäuft hatten. Allem Anschein nach gefielen ihm die Unterlagen, die er soeben studierte, nicht sonderlich, denn seine Miene wurde beim Lesen immer ungeduldiger.

Schließlich, als er die Lektüre beendet hatte, drückte er mit wütender Geste auf die Taste des Haustelefons und fragte ins Mikrofon:
»Zu wem gehört noch gleich die Gemeinde Kuusmäki hier bei uns? Aha, Ryynänen also, schicken Sie mir den Mann sofort her.«
Bald erschien Kommunalinspektor Ryynänen. Er war ein zäh wirkender Beamter mittleren Alters; die arbeitsamen Jahre im Ministerium hatten Furchen in sein Gesicht gegraben, und das verlieh ihm ein Vertrauen erweckendes Aussehen.
Der Abteilungsleiter fragte:
»Du bearbeitest dieses Kuusmäki?«
»Kuusmäki ..., ach so, das ist die Gemeinde von Jaatinen, ja, sie gehört zu meinem Bereich. Warum?«
»So, es ist also die Gemeinde eines Jaatinen! Das geht tatsächlich auch aus diesen Papieren hervor. Hier liegt ungefähr ein Kilo Beschwerden, verstehst du, und zwar kommen sie aus den verschiedensten Richtungen, auch aus der Provinzialverwaltung ..., dort in Kuusmäki hat sich ein entlassener Brückenbauingenieur, eben dein Jaatinen, eingenistet, und der Mann hat in der Gemeinde alles total durcheinander gebracht. Nach flüchtiger Durchsicht konnte ich den Unterlagen entnehmen, dass der Mann dort momentan Gemeindedirektor ist, völlig ohne Kompetenz für das Amt übrigens, und außerdem besitzt er irgendeine besondere Fabrik. Ferner hat er eine komplette Eisenbahnstrecke zum Dorf gebaut, und damit noch nicht genug, er hat auch noch mitten im Kirchdorf ein riesiges Denkmal für die Roten aufgestellt ... Was war sonst noch? Ja, er hat die jüngsten Wahlen nach seiner eigenen geheimen Liste geleitet, die Lokalzeitung gekauft, außerdem vorigen Herbst das Wasser- und Abwas-

sernetz von Kuusmäki gebaut und dabei Millionengewinne eingestrichen. Und dann sind hier noch ein paar Beschwerden, in denen es heißt, der Mann habe Kommunalbeamte aus Kuusmäki verjagt, und den Kommissar habe er völlig am Gängelband. Hast du Kenntnis von diesen Vorgängen, Ryynänen?«

Ryynänen sah zu den Wänden und zur Decke auf und sagte schließlich mit leiser Stimme:

»Das eine und andere ist natürlich bei mir gelandet ..., aber ich habe nicht alle diese Ergüsse ernst genommen, die Leute haben ja immer etwas zu reden, und außerdem ist dieser Jaatinen ein rühriger Mann, die Einnahmen der Gemeinde sind während seiner Zeit enorm gestiegen.«

»Rührig scheint er zu sein, in der Tat. Aber jetzt müssen wir sofort klären, was dort eigentlich geschieht. Ganz mit rechten Dingen geht es nicht zu, die kommunale Entwicklung in einer so kleinen und abgelegenen Gemeinde kann sich nicht in anderthalb Jahren dermaßen verändern. Wir machen Folgendes: Du fährst auf der Stelle in dieses Kuusmäki und durchleuchtest die Angelegenheiten der Gemeinde gründlich. Das bedeutet, du machst dir ein Bild von der Wirtschaft, der Liquidität, den Abgeordneten, der Entwicklung des Abgabensatzes, den Bauvorhaben, also von allem, was sich auf die Situation auswirken kann. Und dann verschaffst du dir Klarheit über diesen Jaatinen. Überprüfe, ob der Mann Verfehlungen im Amt begangen hat, und wenn ja, dann unterziehen wir die Gemeinde einer scharfen Kontrolle, und der Jaatinen wird aus allen Ämtern rausgeschmissen.«

»Ich soll also gleich Anfang nächster Woche fahren?«

»Du fährst noch heute. Und die Untersuchungen müssen so laufen, dass der Jaatinen von der ganzen Sache nichts merkt.

Ein Mann wie er verheimlicht und verfälscht womöglich wichtige Dinge oder erschwert die Untersuchungen, wenn er erfährt, wer du bist. Du kannst meinetwegen eine ganze Woche wegbleiben, aber die Dinge müssen geklärt werden.«

Ryynänen verließ das Zimmer mit einem Stapel Papiere in der Hand und mit heißen Ohren. Der Abteilungsleiter hatte ihn im Grunde regelrecht abgekanzelt ..., eine böse Sache. Verflixt, der Jaatinen musste mal richtig unter die Lupe genommen werden.

Ryynänen stopfte die Papiere in seine Aktentasche, fuhr nach Hause, holte ein paar weiße Hemden, eine geblümte Krawatte, Reservestrümpfe und das Rasierzeug aus dem Schrank und verstaute die Sachen ebenfalls in seiner Aktentasche, dann sagte er seiner Frau, dass er eventuell eine ganze Woche fortbleibe. Anschließend fuhr er geradewegs nach Kuusmäki und quartierte sich im Motel als Handelsreisender Ryynänen ein.

Nachdem er sich vom Reisestaub gereinigt hatte, machte er sich daran, die Unterlagen über die Gemeinde Kuusmäki zu studieren. Mit den Papieren im Arm schlief er spät nachts auf der Tagesdecke seines Bettes ein.

Am Morgen ging Inspektor Ryynänen an seine Arbeit. Er sagte sich, dass in einer so kleinen Gemeinde wohl der Pfarrer am besten geeignet sei, über die Stimmung unter den Leuten zu berichten, und gleichzeitig könnte der Mann eine zuverlässige Aussage zu Gemeindedirektor Jaatinen machen. Doch bei seinem Anruf im Pfarramt erfuhr er zu seiner Enttäuschung, dass der Pfarrer des Kirchspiels, ein Propst namens Roivas, unlängst in Rente gegangen sei. Sehr bedauerlich, einen Pensionär mag man mit solchen Dingen nicht behelligen, dachte Inspektor Ryynänen und legte auf.

Als erfahrener Kenner kommunaler Angelegenheiten beschloss er nun, Informationen einzuholen, indem er sich mit dem Gemeindevorsteher unterhielt. Nach Ryynänens Erfahrungen war es recht üblich, dass diese Leute, die ein Ehrenamt ausüben, sehr offen über die Gemeindedirektoren sprechen, die Beamte sind.

Bald bekam Ryynänen denn auch Kontakt zu Werkmeister Manssila. Die Männer trafen sich in Ryynänens Zimmer.

Durch die Blume fragte der Inspektor Manssila nach den Angelegenheiten der Gemeinde aus, und Manssila erzählte bereitwillig, nachdem er erfahren hatte, dass Ryynänen im Innenministerium arbeitete und daran interessiert war, sich auf seiner Urlaubsreise über Kuusmäki zu informieren. Manssila lobte Jaatinen in den höchsten Tönen, ein Urteil, dass sich Inspektor Ryynänen später als erstes Untersuchungsergebnis in sein Notizbuch schrieb.

Als Manssila fort war, beschloss Ryynänen, Jaatinens Fabrik ganz ungezwungen einen Besuch abzustatten. Er fuhr um die Mittagsstunde auf den Flugplatz und bestellte sich in der Betriebskantine eine Fleischsuppe. Er erzählte ein paar Männern, er wolle in der Fabrik nach Arbeit fragen, und erkundigte sich bei der Gelegenheit, was für ein Mann denn der Geschäftsführer Jaatinen so sei.

Die Arbeiter erzählten begeistert von Jaatinens Erfolgen und rühmten ihn um die Wette.

Mit diesen Informationen kehrte Inspektor Ryynänen ins Motel zurück und schrieb sich sogleich alles auf. Anschließend rief er die Gemeindesekretärin an, eine Frau hatte dieses Amt inne, daran erinnerte er sich. Er konnte sich sparen, ihr eine Tarngeschichte von einem Urlaubsaufenthalt oder sonstigen Gründen für die Reise aufzutischen, sagte also schlicht, er wolle die Kassensituation der Gemeinde prüfen.

Allerdings wollte er nicht Jaatinen auf dem Gemeindeamt begegnen, die Kassenprüfung fand daher im Sitzungszimmer des Gemeinderates statt.

Die Finanzen von Kuusmäki schienen besser in Ordnung zu sein als je zuvor in der Geschichte der Gemeinde. Arbeitslosigkeit gab es nicht, denn Jaatinens Fabrik sorgte für Beschäftigung. Steuergelder flossen also immer reichlicher, und das wirkte sich direkt auf die Einnahmen der Gemeinde aus, wobei die gute Beschäftigungslage gleichzeitig die früher so enorm gewachsenen Sozialausgaben verringerte. Das Bauprogramm der Gemeinde war während Jaatinens Zeit eifrig verwirklicht worden. Als Ryynänen fragte, was für ein Mann Jaatinen sei und ob er vielleicht irgendwie eigenmächtig handle, sagte die Gemeindesekretärin:

»Ich kenne ihn nicht persönlich.«

Sie errötete bei diesen Worten, doch Inspektor Ryynänen bemerkte nichts von ihrer Gemütsbewegung, er machte sich Notizen.

Inspektor Ryynänen huschte schnell wieder ins Motel, rief in der Eisenbahndirektion an und befragte die dortigen Beamten.

»Ach ja, Jaatinens Eisenbahn ..., die hat er tatsächlich selber gebaut. Bei uns hätte der Bau drei Jahre gedauert, mindestens, aber so war die Bahn in ein paar Wochen plötzlich fertig. Die Trasse ist gut, hält schwerem Verkehr stand, die Staatsbahn hat keinerlei Beanstandungen. Wir stehen bei dem Unternehmer eigentlich in der Schuld wegen der Bahn, wir begleichen sie in Form von Fracht.«

Nur Gutes bekam der Inspektor über Jaatinen zu hören.

Am Nachmittag machte Ryynänen einen Spaziergang, und als ihm eine alte Landfrau entgegengehumpelt kam, dachte er bei sich, er werde die Unglückliche einmal fragen, was sie von Jaatinen hielt. Er sprach die alte Frau also an, es war zufällig die Bäuerin Reivilä, die Mutter des halb blinden Burschen. Ryynänen sagte:
»'n Tag, gute Frau ..., ich mache hier ein wenig Urlaub ..., ein schönes Wetter haben wir.«
»Ja, es hält sich.«
»Sie sind eine Hiesige?«
»Gewiss, ich bin schon ein alter Mensch ...«
»Erzählen Sie mir doch mal, gute Frau, was hier heutzutage so los ist, wie zum Beispiel Gemeindedirektor Jaatinen seine Sache macht.«
»Ich weiß gar nicht, ob der Ingenieur auch schon Gemeindedirektor ist.«
»Ist er.«
»Na, umso besser, so einen Mann hätten wir hier von Anfang an gebraucht.«
Bäuerin Reivilä hielt dann eine lange Rede über Jaatinen, der ihr Wald abgekauft und ihr dafür einen anständigen Preis bezahlt hatte, der alten Frau kamen schier die Tränen, als sie von Jaatinens Gutherzigkeit erzählte. Ryynänen hörte eine Weile zu und versuchte, ihr etwas Ungünstiges über den Mann zu entlocken, doch sie pries ihren Wohltäter, was das Zeug hielt. Ryynänen ging verwundert und auch ein wenig gereizt von dannen, diesem Jaatinen würde man nicht so leicht Verfehlungen im Amt oder Eigenmächtigkeiten nachweisen können.
Doch Inspektor Ryynänen stellte seine Untersuchungen noch nicht ein. Er informierte sich über sämtliche Angelegen-

heiten der Gemeinde, besah sich die neue Brücke, prüfte, wie die Kommunalwahlen in Kuusmäki abgelaufen waren, machte sich mit der Geschichte von Vornanens Denkmal, das mitten im Dorf prangte, vertraut, befragte die Abgeordneten. Über Kommissar Kavonkulma erfuhr er von verschiedenen Seiten, dass der sich häufig Eigenmächtigkeiten herausgenommen habe, bevor Jaatinen ins Dorf gekommen sei, doch jetzt verhalte sich der Kommissar taktvoll zu den Einwohnern und versehe sein Amt mit der einem Polizeibeamten angemessenen Lauterkeit.

Inspektor Ryynänen befasste sich auch mit Direktor Rummukainen, der das Dorf verlassen hatte und dazu laut den Informationen, die beim Ministerium eingegangen waren, von Jaatinen gedrängt worden war. Doch wie sich zeigte, hatte der Schulvorstand den Direktor wegen seines schlechten Lebenswandels zur Kündigung aufgefordert. Als amüsantes Detail wurde Ryynänen berichtet, dass der Direktor am Tag seiner Verabschiedung volltrunken mit einem ausgestopften Birkhahn unter dem Arm durch die Gegend gelaufen und mit dem Konstabler mitten im Dorf in ein Handgemenge geraten sei. Dieser Bericht wurde von Konstabler Ollonen bestätigt, der den wild gewordenen Direktor hatte verfolgen müssen. Dieser Ollonen war im Übrigen ein recht hölzerner Mann mit ziemlich eigenartigem Humor. Als Ryynänen ihn fragte, wie er über den Gemeindedirektor dachte und ob auch er fand, dass Jaatinen ein mustergültiger Mann sei, antwortete der Konstabler:

»Verflucht noch mal, der ist ein so verteufelter Kerl, wie man ihn sich besser nicht wünschen mag!«

Die Tage vergingen. Inspektor Ryynänens Bericht über den aktuellen Stand in der Gemeinde Kuusmäki und über Gemeindedirektor Jaatinen war nahezu fertig. Als er seine Notizen durchlas, sah er sich gezwungen festzustellen, dass die Inspektionsreise sämtliche Zweifel an Jaatinen zerstreut hatte. Es hatte keine einzige negative Aussage über den Gemeindedirektor gegeben. Wirklich erstaunlich.

Vor seiner Abreise beschloss Ryynänen, sich noch mit dem früheren Gemeindevorsteher, Bauer Jäminki, zu unterhalten, der dem Vernehmen nach mit Jaatinen nicht gut ausgekommen war. Doch der Besuch erwies sich als überflüssig, als Ryynänen auf Unterlagen stieß, die belegten, dass besagter Jäminki mit Jaatinen sogar in Geschäftsverbindungen stand. Der Bauer hatte Jaatinen nämlich hinter dem Flugplatz für die Eisenbahntrasse Land verpachtet. Es brachte also nichts, Jäminki aufzusuchen, der anscheinend das Wirtschaftsleben der Gemeinde in jeder Weise zu fördern bestrebt war, sogar dadurch, dass er eigene Ländereien an den unternehmerisch tätigen Gemeindedirektor verpachtete. Männer, die in solcher Verbindung miteinander standen, streiten sich nicht, dass wusste Ryynänen aus Erfahrung.

Mit diesen Kenntnissen ausgestattet, verließ der Inspektor schließlich Kuusmäki.

Im Innenministerium übergab er dem Leiter der Abteilung Kommunalverwaltung seinen umfangreichen Bericht, der gut fünfzig Schreibmaschinenseiten umfasste. Der Abteilungsleiter las den Bericht sofort durch und sagte dann:

»Wie es scheint, können wir die eingegangenen Schreiben ignorieren. Die Beschwerden sind gegenstandslos. Trotzdem war es gut, dass wir der Sache auf den Grund gegangen sind. Ich mag kein diktatorisches oder eigenmächtiges Handeln in der Kommunalverwaltung.«

Zufrieden schmunzelnd ging Ryynänen in sein Arbeitszimmer. Er stellte die Unterlagen über Kuusmäki ins Regal, den Aktenordner versah er mit der Aufschrift: »Jaatinens Papiere.«

31

In jenem Jahr gab es nicht einmal zu Weihnachten Schnee, was den Männern des Jagdklubs von Kuusmäki nur recht war: Noch am Stephanstag konnten sie in den Mooren hinter dem Dorf Birkhühner schießen. Das ganze Jahr hindurch waren die Birkhühner am Rande der Felder mit Körnern gefüttert worden, und jetzt konnte man die Beute einsammeln. Die Vögel flogen in dem nebligen Gelände nur wenige hundert Meter auf einmal; in dem Dunst nahmen sie die Schritte der Jäger nicht wahr, und so blieben sie gegen die mit Zielfernrohren ausgestatteten Gewehre chancenlos.

An dem Jagdausflug nahmen Kommissar Kavonkulma, Konstabler Ollonen, Wehrleiter Jokikokko und Ingenieur Jaatinen teil. Hunde hatte man nicht mitgenommen, bei diesem Wetter wäre die Jagd mit ihnen zu leicht gewesen.

Ollonen und Jokikokko sonderten sich ab. Sie schossen gleich in der Frühe ein paar Birkhühner und zündeten sich dann ein Feuer an, um Kaffee zu kochen.

Im Schein des Feuers unterhielten sie sich mit leiser, düsterer Stimme. Sie sprachen über Jaatinen, und das keineswegs wohlwollend, im Gegenteil, sie planten einen gemeinen Schurkenstreich gegen den Ingenieur.

Die beiden Männer hatten nämlich so viel Verstand, dass sie

sich ausrechneten, Jaatinen werde ihnen Scherereien machen. Roivas war in Rente geschickt, Kainulainen und Rummukainen aus dem Ort vertrieben, Jäminki abgewählt, Kavonkulma handzahm gemacht worden ..., wann wären sie beide an der Reihe? In den langen Herbstnächten hatten sie die Sache abgesprochen, sich immer weiter hineingesteigert, und jetzt, bei der Birkhuhnjagd am Stephanstag, wollten sie ihre finsteren Pläne in die Tat umsetzen.

Die Männer reinigten ihre Waffen, hauchten auf die Linsen der Diopter, rieben das Glas trocken, legten das Gewehr an und stellten es ein.

»Ein Knall, und die Sache ist erledigt«, murmelte Ollonen rau.

»Lass uns den Kaffee austrinken, dann pirschen wir uns an«, äußerte Jokikokko. Seine sehnige Hand liebkoste den blank polierten Kolben des Jagdgewehrs.

Jaatinen stapfte zur selben Zeit durch das weite Moor, ohne zu ahnen, welche todbringende Verschwörung gegen ihn im Gange war. An seinem Gürtel hingen drei Birkhühner, er freute sich, dass es zu Neujahr einen schmackhaften Fleischtopf geben würde. Es beschämte ihn ein wenig, die schönen, halb zahmen Vögel zu schießen, doch andererseits: Geflügelfleisch war so gut, dass ... Der Gedanke wurde abrupt durch ein Platschen im Tümpel unterbrochen, dann ertönte ein Knall. Jemand hatte Jaatinen direkt vor die Füße geschossen! Eine verirrte Kugel? Jaatinen warf sich in den Sumpf, die Birkhühner klatschten ihm schwer auf den Rücken. Wieder pfiff eine Kugel, jetzt fuhr sie durch den Birkhuhnstapel auf seinem Rücken.

Verdammt, dachte Jaatinen, man beschießt mich mit voller Absicht. Er löste die Birkhühner vom Gürtel, schob sich in eine sicherere Position zwischen den Grasbülten und hob vorsichtig den Kopf. Über dem weiten Moor hing Nebel, es war ganz still.

Am gegenüberliegenden Rand des Moores lagen Ollonen und Jokikokko neben dem gelöschten Feuer in Stellung. Sie beobachteten das Gelände durch die Raster ihrer Zielfernrohre. Jaatinen war, wie es schien, gefallen und verschwunden. Ollonen:

»Er hat wohl was abgekriegt, bewegt sich nicht.«

»Vielleicht verschanzt er sich bloß«, meinte Jokikokko zweifelnd. »Warten wir noch, vielleicht hat er mitgekriegt, dass auf ihn geschossen wird.«

So lagen sie allesamt dort gut fünfzehn Minuten, Jaatinen im Sumpf, seine Gegner unter Fichten am Hügel. Über den nebligen Sumpf flogen ein paar missmutige Raben, beim Anblick von Jaatinen schrien sie lästerlich, und als sie etwa dreihundert Meter weiter bis an den Rand des Sumpfes geflogen waren, krächzten sie noch gereizter. Jaatinen schloss daraus, dass sich an genau jener Stelle seine Verfolger befanden. Er zog vorsichtig seinen Feldstecher aus dem Futteral, hob ihn äußerst langsam und suchte die graue Waldfront ab.

Minutenlang starrte Jaatinen durch die Linsen seines Feldstechers in die farblose Landschaft, bis er ein interessantes Detail entdeckte: Hinter ein paar Fichten zeichnete sich ein grünes Stück Stoff ab, ein Rucksack wahrscheinlich, und außerdem war deutlich zu erkennen, dass dort ein schwarzwandiger Kaffeekessel an einem rußigen Gestell hing. Jaatinen ließ den Feldstecher sinken, legte das Gewehr an, zielte sorgfältig auf den Kaffeekessel und drückte ab. Treffer.

Sofort hob er wieder den Feldstecher, und jetzt war am Waldrand ein wenig Bewegung zu sehen. Ollonen und Jokikokko schraken von dem Schuss zusammen, drehten sich um und sahen nach dem Kaffeekessel, dessen Inhalt in die heiße Asche floss. Jaatinen hatte ihren Aufenthaltsort entdeckt.

Hastig begannen die Männer, ihren im Sumpf liegenden Widersacher zu beschießen, ohne jedoch genau zu wissen, von wo der Schuss eigentlich gekommen war.

Jaatinen feuerte ein paarmal. Jokikokko begann sich zurückzuziehen, die Kugeln rissen helle Flecke in die Stämme der feuchten Fichten. Ollonen rief seinem Gefährten zu:

»Bleib hier! Nicht bewegen, er sieht dich!«

Aber Jokikokko rannte gebückt los und war bald im Dunkel des Waldes verschwunden. Ollonen folgte ihm nicht, sondern beschoss wütend den Sumpf. Jaatinen erwiderte ab und zu mit einem gezielten Schuss, in dem Fichtenstamm hinter dem Ollonen lag, klatschte es nur so von den Treffern.

Jaatinen feuerte nun so heftig und präzise, dass Ollonen sich zurückziehen und in einer kleinen Senke Schutz suchen musste. Von dort schoss er noch fünf Mal, jetzt fast blindlings. Damit waren seine Möglichkeiten erschöpft, er hatte nämlich keine Patronen mehr.

Ollonen rief in den Sumpf:

»Hör auf zu schießen, Jaatinen, meine Munition ist alle, ich ergebe mich!«

Jaatinen rief zurück, Ollonen solle seine Waffe im Wald liegen lassen und mit den Händen über dem Kopf an den Rand des Sumpfes treten. Ollonen gehorchte, mit Schaudern im Herzens kam er ungeschützt heraus. Jaatinen erhob sich von seinem morastigen Liegeplatz, die Männer trafen sich am Waldrand.

»Ihr habt versucht, mich zu töten, wer war der andere?«

»Jokikokko.«
»Gehen wir ins Kirchdorf. Trag du die Birkhühner, ich werde dein Gewehr an mich nehmen.«
Kurz darauf traf Kommissar Kavonkulma am Waldrand ein, und mit ihm der verschreckte Jokikokko. Kavonkulma erklärte, als er den heftigen Schusswechsel aus dem Sumpf gehört habe, sei er herbeigeeilt und habe den kopflos durch den Wald laufenden Wehrleiter festgenommen, der ihm widerstandslos seine Waffe ausgehändigt habe.
»Ich würde diese Schießerei einen Mordversuch nennen«, sagte Jaatinen. »Was sagst du als Kommissar zu der Sache?«
»Ich kann nur bestätigen, dass es so ist, wie du sagst.«
Ollonen und Jokikokko starrten sich schweigend an, bis Ollonen knurrte:
»Du Lump bist geflüchtet, pfui Teufel, schämst du dich nicht?«
Der Feuerwehrchef schämte sich eindeutig, und auch Ollonen schämte und fürchtete sich: Als Polizist wusste er genau, welchen Vergehens er sich schuldig gemacht hatte. Ollonen sah zum nebligen Himmel auf, als suche er dort mildernde Umstände, doch der Himmel war unzugänglich grau, und hilflos senkte der böse Konstabler seinen Blick ins Moos.
»Könnte man diese Sache nicht irgendwie beilegen«, schlug der Feuerwehrchef bescheiden vor.
»Gut, kommt morgen zu mir, dann reden wir über die Angelegenheit«, sagte Jaatinen. »Aber jetzt dürfte es höchste Zeit sein, diesen Sport zu beenden, ich denke, wir gehen nach Hause.«
Am folgenden Tag erschienen Ollonen und Jokikokko in Jaatinens Haus, um mit ihm über das Vorgefallene zu sprechen. Frau Rummukainen servierte einen großen Fleischtopf vom

Birkhuhn mit Brot und Preiselbeergelee, dazu goss sie Schnaps ein. Als sie das Zimmer verlassen hatte, sagte Jaatinen:

»Bevor wir mit dem Essen beginnen, spreche ich über einige offiziellere Dinge. Ihr würdet beide mehrere Jahre Gefängnis für die gestrige Schießerei bekommen. Aber als Knastinsassen hättet ihr weder für mich noch für andere Leute irgendeinen Nutzen, und so gedenke ich diesen Fall folgendermaßen zu lösen: Zunächst einmal wirst du, Ollonen, sofort deine Entlassung aus dem Polizeidienst beantragen und bei mir in der Fabrik im Zweischichtsystem an der Betonmaschine arbeiten. Du, Jokikokko, beantragst ebenfalls deine Entlassung aus dem Amt des Wehrleiters und des Brandinspektors und gründest in meiner Fabrik eine Feuerwehr; außerdem schlägst du dir die Gemeindesekretärin Koponen ein für alle Mal aus dem Kopf. Und jetzt, meine Herren, setzen wir uns zu Tisch.«

Unter tiefem Schweigen genoss man den Fleischtopf, zwischendurch erhob man das Glas, und als sich alle satt gegessen hatten, gingen die Gäste still hinaus, um ihre Entlassungsgesuche zu schreiben.

32

Bauer Jäminki hatte eine Menge Geld verloren, als er das Land hinter dem Flugplatz von Kääriäinen gekauft hatte. Doch seine Bankschulden wollte er nicht lange behalten. Und so kam ihm ein vortrefflicher Gedanke: Er würde auf dem Gelände am See, das ihm gehörte, zehn Sommerwohnungen für Stadturlauber bauen. In den letzten Jahren waren immer wieder entsprechende Anfragen an ihn gekommen. Jäminki rechnete sich aus, dass er für ein Feriendorf viele hunderttausend Mark bekäme. Und Geld brauchte er, außer zum Abzahlen seiner Schulden auch für den neuen Mähdrescher, den er sich bereits bestellt hatte, da er ihn zum stark ermäßigten Winterpreis bekommen konnte.

Jäminki beschloss, die Häuser und Saunas selbst zu bauen, um einen möglichst hohen Gewinn aus den Grundstücken zu erzielen. Er ging erneut zur Bank, nahm dreihunderttausend Mark Kredit auf seinen Hof auf und tätigte ein Bombengeschäft: Er kaufte zum Winterpreis in einer Fabrik zehn Halbfertighäuser und lachte sich ins Fäustchen, da er wieder eine tüchtige Ermäßigung bekam. Barkäufe haben etwas für sich, sagte er in der großen Wohnstube zu seiner Familie. Im Februar wurden die Einzelteile der Häuser von der Fabrik abgeholt und auf Jäminkis Grundstück am See gefahren. Dort wurden sie mit Planen abgedeckt, damit sie durch Schneefall keinen Schaden nahmen. Jäminki wartete feixend auf den Frühling.

»Ich scheffle anständig Geld, und gleichzeitig stoppe ich Jaatinens Eisenbahn. Einen Schlagbaum über die Schienen, und fertig. Da, wo dumme Polizisten und Wehrleiter kuschen, da zeigt der gute alte Jäminki solchen Zugereisten, was Sache ist.«

Jaatinen verfolgte Jäminkis umfangreiche Geschäftsoperationen wachsam. Er mischte sich nicht ein, war aber über jede Entscheidung des Bauern informiert, die Kanäle des Vereinslebens funktionierten.

Jäminkis Kredite waren in jenem Winter ungewöhnlich

hoch: Es waren zweihunderttausend Mark auf das Land von Kääriäinen, dreihunderttausend für den Bau des Urlauberdorfes und noch einhunderttausend für den neuen Mähdrescher. Aber er würde ja Geld hereinbekommen, egal also, auch wenn die hohen Zinsausgaben seinen großen Hof belasteten.

Es kam der April. Der Schnee verschwand, der gefrorene Boden taute auf. Jäminki stellte ein paar Zimmerleute ein, die das Urlauberdorf hochziehen sollten, er selbst ging mit einem Stapel Typenzeichnungen ins kommunale Baubüro. Dort erklärte man ihm, dass man ihm leider keine Baugenehmigung geben könne.

»Was, keine Baugenehmigung?«, ächzte Jäminki.

»Nein, die Uferzone, die Ihnen gehört, ist im Winter als Erholungsgebiet verplant worden. Die Gemeinde kauft sie irgendwann für den eigenen Bedarf auf.«

Jäminki war nahe daran, ohnmächtig zu werden. Sein Gesicht färbte sich dunkelrot, in seinen Ohren schrillte es, sein Mund wurde trocken. Und das Herz schlug schwer, schwärzliches dickes Blut staute sich in den Herzkammern, er musste regelrecht aufbrüllen, um nicht an dieser Nachricht zu ersticken.

»Dahinter steckt bestimmt Jaatinen«, brachte er schließlich heraus.

»Der Gemeindedirektor war in der Tat aktiv an der Planung beteiligt, aber das gehört schließlich zu seinen Amtspflichten. Sie können natürlich bei der Provinzialverwaltung oder sogar beim Ministerium Beschwerde einlegen, aber die Bearbeitung der Beschwerde dauert ein Jahr, vielleicht sogar zwei. Eine Sondergenehmigung können wir nicht erteilen.«

Keine Baugenehmigung! Jäminki wankte nach Hause, trank Kognak, seine Leute sahen, dass das Familienoberhaupt einen furchtbaren Schlag erlitten hatte.
Keine Baugenehmigung!
Jäminki besann sich, dass er die zehn Häuser zum Winterpreis gekauft hatte. Er rief sofort im Herstellerbetrieb an und versuchte, das Geschäft rückgängig zu machen. Doch vonseiten des Betriebes war man keineswegs gewillt, einen fertigen, bezahlten Handel zu annullieren. Die Häuser waren geliefert worden, und außerdem hatten sie während des ganzen Spätwinters am Seeufer unter Planen gelegen, waren keine erstklassige Ware mehr ..., man bedauerte, eine Rücknahme kam nicht infrage.
»Wie kann man einen Menschen so ausplündern!«, schrie Jäminki in seiner Schlafkammer, es war ein Schrei der Bedrängnis und des Zorns.
Jäminki errechnete schnell, in welche geschäftliche Lage er geraten war. Er hatte einen kurzfristigen Bankkredit von insgesamt sechshunderttausend Mark und als Gegenwert nur einen wertlosen, für den Anbau ungeeigneten Waldfetzen von fünfzehn Hektar hinter dem Flugplatz, außerdem die faulenden Einzelteile von zehn Sommerhäusern am Seeufer. Mit einer kleinen Maßnahme hatte Jaatinen ihn an den Rand des Ruins getrieben.
»Ein Millionenräuber, die Bestie der Bestien ist er.«
Jäminki überdachte seine Situation. Er malte sich aus, wie sich eine große Menschenmenge zur Zwangsversteigerung seines Hofes versammelte. Der Familienbesitz käme jetzt wegen dieser schrecklichen Situation für einen Spottpreis unter den Hammer.
»Nein, verflucht noch mal, das kommt er nicht.«

Jäminki rief in seiner Not eine Holzfirma an. Er bot an, ein großes Stück Wald zu verkaufen und Stämme zu liefern.
Die Holzfirma war nicht interessiert. Im Sägewerk lagen schon mehr Stämme als man brauchte ..., im Herbst vielleicht oder im kommenden Winter könnte man das Geschäft in die Wege leiten. Zum Frühjahr lohne sich der Kauf von Sägeholz auf gar keinen Fall.
Dieselbe Antwort erhielt er auch von den anderen Holzfirmen. Doch schließlich besaß er auch noch Schichtholzwälder, auf die musste er in dieser Notsituation zurückgreifen. Aber wie bekäme er für wachsenden Wald die Kennzeichnung? Und in ausreichend großer Menge? Jäminki rief im Forstamt an und trug sein Problem vor.
Mit Kennzeichnung im großen Umfang war man nicht einverstanden. Die Beamten sagten, Jäminki besitze nicht genügend einschlagreifen Baumbestand, ob denn der Bauer nicht selbst den Zustand seiner Wälder kenne. Natürlich könnte man an die hundert Kubikmeter kennzeichnen, solche minderwertigen Waldstreifen fanden sich auf einem großen Besitz immer, doch mehr sei nicht möglich.
»Hundert oder zweihundert Kubik, darauf pfeif ich. Ich muss die Einschlagsgenehmigung für Tausende Kubikmeter haben!«
Im Mai kamen die Ferienhauskäufer aus der Stadt, um zu sehen, wie der Bau auf ihren Parzellen vorangekommen war. Sie spazierten mit Frau und Kindern über das frühlingshafte Ufergelände und zeigten ihnen die Landschaft, die sich zum See hin öffnete. Dann fuhren sie zu Jäminki auf den Hof, um sich zu erkundigen, weshalb noch nicht mit den Bauarbeiten begonnen worden sei, obwohl das Material bereits angeliefert und der Boden aufgetaut sei.

»Raus aus meinem Haus, ihr Geier!«, schrie Jäminki und jagte die Städter vom Hof.
Doch die Leute aus der Stadt schwenkten ihre Anzahlungsquittungen, sie verlangten ihre bereits gezahlten Beträge zurück. Ein Mann hatte zehntausend Mark Anzahlung geleistet, ein anderer hatte bereits die gesamte Kaufsumme von einhunderttausend Mark entrichtet.
Jäminki hatte kein Geld, nur ein paar Tausender, und solche Summen konnte man in dieser Situation nicht als Geld bezeichnen. Die Käufer der Ferienhäuser wandten sich mit ihren Forderungen an den Gerichtsvollzieher. Jäminki ging in seiner Not zur Bank und bat um weiteren Kredit, damit er die Pfändung verhindern konnte.
Doch die Bank verweigerte ihm weitere Darlehen. Er konnte froh sein, dass die früheren Kredite aufrechterhalten wurden. Jäminki verfluchte seine Familie, die arm war. Jetzt hätte er reiche Verwandte gebraucht, die den Erbhof aus dem Wellental holen und zu neuer Blüte bringen könnten. Auch seine Frau, eine frühere Magd, besaß nichts. Warum musste er ausgerechnet eine Magd heiraten, jetzt wäre das Erbe eines reichen Bauern vonnöten. Und was hatte er überhaupt vor vierzig Jahren an seiner Alten gefunden? Wenn er jetzt diese aus armen Verhältnissen stammende Frau ansah, wurde ihm schwer ums Herz, außerdem war sie inzwischen rund wie ein Fass. Das Leben und der Zufall konnten wirklich grausam sein.
Es schien im ganzen Land kein Geld mehr zu geben. Das Geld war verschwunden, und nur Schulden beherrschten die Welt. Die hohen Zinsen von Jäminkis saftigen Krediten fielen mit unerbittlicher Pünktlichkeit zur Zahlung an, und die Abzahlungspläne waren über den Haufen geworfen. In jenen

Wochen wütete Jäminki mehr als je zuvor in seinem Leben, doch es half ihm nichts. Das Geld hatte ihn verstoßen, es kam nicht zu ihm.

In seiner Verzweiflung versuchte Jäminki, die Hälfte seines Hofes zu verkaufen, aber es gab keine Abnehmer. Er bot hundert Hektar so billig an, dass es ihm ins Herz schnitt, doch auf die Schnelle fand sich weder ein finanzkräftiger Investor noch ein Bauer, der den Wunsch gehabt hätte, Land zu kaufen. Und die wenigen, die Interesse gehabt hätten, waren nicht imstande, bar zu zahlen, und für Jäminki gab es nur den Barverkauf.

»Ich kann den Hof nicht halb umsonst auf Kredit verkaufen, das wäre ja schon eine Schenkung. Egal, dann kommt eben der ganze Hof unter den Hammer.«

Es wurde Sommer. Jäminkis Karussell drehte sich immer schneller. In jenen Wochen fluchte dieser große Bauer viel, er fluchte, dass er sich auf Geschäfte eingelassen hatte, verfluchte den Gesamtverbürgungsvertrag, den er im Gefühl seiner Macht zur Deckung seiner Kredite abgeschlossen hatte. Die Mahnungen, die ihm täglich in den Briefkasten flatterten, riss er in tausend Stücke. Er erfuhr, dass die Gläubiger die Zwangsvollstreckung beantragt hatten. Ende Juni fand auch schon der Schuldforderungsprozess statt, und als Urteil kam der Zahlungsbeschluss. Und weil Jäminki ein für alle Mal kein Geld flüssig hatte, mit dem er den Zusammenbruch abwenden konnte, kamen die Gerichtsvollzieher und pfändeten seinen gesamten Hof in Höhe der sechshunderttausend Mark Schulden und Kredite. Jetzt war nämlich außer den Ferienhauskäufern auch Jäminkis Bank aufgewacht und versuchte, ihre Interessen zu wahren; sie hatten ihrem Kunden den Kredit gekündigt und sich in die schreiende

Schlange der Gläubiger eingereiht. Die vernickelten Schlösser schwarzer Aktenkoffer knackten mit bösem Geräusch im Zimmer des großen Bauern, und Jäminki raufte sich sein ergrautes Haar.
Alles ging den Bach hinunter. Die Knechte und Mägde waren bereits im Frühjahr entlassen worden, es war keine Aussaat erfolgt, auf dem Hof stand unter einer Plane der neue Mähdrescher, und niemand hatte dafür gesorgt, dass er im Maschinenschuppen vor dem Regen in Sicherheit gebracht oder gar gegen Rost eingeölt wurde. Wenn ein großer Bauernhof zu stürzen beginnt, ist das Krachen weithin zu hören und dröhnt in den Ohren. Der Besitz verschwindet durch sein eigenes schweres Gewicht, das ist selbst für Hartgesottene schlimm zu beobachten.
Nach der Pfändung setzte Kommissar Kavonkulma schließlich die Anzeige in die Zeitung, dass Jäminkis Hof, Reg. Nr. 116, zwangsversteigert würde.
Als die alte Bäuerin diese Ankündigung in der Zeitung las, konnte sie das ganze Elend nicht länger ertragen, sie humpelte in die Schlafkammer und beweinte die Vernichtung des Familienbesitzes.
Jaatinen schnitt sich die Annonce aus der Zeitung aus und tat sie in seine Brieftasche.
»Der Jäminki hat eine Menge unternommen, aber so ist es nun gekommen, weil ich dafür gesorgt habe.«

33

Jaatinen schob den Wagen mit seinen Zwillingsmädchen durch den Kiefernwald hinter dem Flugplatz. Es war Sommer, ein heißer und schöner Tag, und der Ingenieur machte Urlaub. Im Wald waren auch noch andere Leute unterwegs, hauptsächlich Blaubeersammler, die Jaatinen bei der Begegnung höflich grüßten.

Auch die Gemeindesekretärin Irene Koponen war in den Beeren. Jaatinen rief ihr einen Gruß zu, er schob den Kinderwagen an den Wegrand und trat zu ihr. Sie hatte etwa einen Liter Beeren in ihrem Korb, ihr Mund war blau, sie hatte also auch reichlich genascht. Die beiden setzten sich auf eine Grasbülte, die Gemeindesekretärin bot dem Gemeindedirektor Blaubeeren an. Die Zwillingsmädchen neben ihnen beschäftigten sich mit sich selbst.

Als sie eine ganze Weile Blaubeeren gegessen hatten, begann Fräulein Koponen endlich zu sprechen. Ihr Ton war ernst.

»Weißt du, dass ich schon fünfunddreißig bin?«

»Du siehst noch wie ein junges Mädchen aus.«

»Für eine Frau sind fünfunddreißig Jahre ein ziemliches Alter.«

»Überhaupt nicht, meine Großmutter ist über neunzig geworden, und meine Mutter ist inzwischen auch schon siebzig. Wenn du ebenso lange lebst, dann müssten dir noch ungefähr ... fünfundfünfzig Jahre Zeit bleiben.«

»Das meine ich nicht, sondern die Tatsache, dass ich in diesem Alter noch unverheiratet bin.«

»Warum heiratest du nicht, du hast doch Bewerber. Ein schöner Mensch wie du!«

»Ich täte es schon gern. Gerade darüber wollte ich mit dir sprechen.«
Dann begann Fräulein Koponen zu reden. Sie sagte, wie sie über ihr Leben dachte und dass sie in den letzten Jahren sehr einsam gewesen sei, sich gewissermaßen nach männlicher Gesellschaft gesehnt habe ..., nach der Gesellschaft eines vernünftigen, verlässlichen und tüchtigen, eines ordentlichen Mannes. Aber in einer kleinen, rückständigen Gemeinde gebe es nicht eben viel Auswahl, und so sei bisher keine Ehe zustande gekommen. Dann warf sie einen Blick zurück, sie berichtete von ihrer Studentenzeit und ihrem Elternhaus in Jankkala, ging kurz auf ihre finanzielle Situation ein, die stabil war, sie erzählte von ihren Hobbys und erwähnte noch mit bescheidenen Worten, dass sie eine passable Köchin sei und sich, was das Putzen angehe, nicht zu verstecken brauche. Jaatinen lauschte den Ausführungen interessiert, sieh da, wie wenig er die Gemeindesekretärin letzten Endes kannte. Diese Dinge waren nie zur Sprache gekommen. So ist es in der Kommunalverwaltung nur allzu oft.
Am Ende ihrer Ausführungen sagte Fräulein Koponen schlicht:
»Ich möchte dich heiraten.«
Während ihrer ganzen Einleitung hatte sich Jaatinen schon denken können, dass etwas in der Art zu erwarten war, doch trotz alledem traf ihn ihr Antrag unvermittelt, schien unfassbar, heiraten! Ein tiefes Glücksgefühl durchdrang Knochen und Fleisch des großen Ingenieurs, er sprang auf und rannte in Richtung Kirchdorf davon. Im Laufen juchzte er:
»Ich muss Leea die Neuigkeit erzählen!«
Jaatinen verschwand im Wald, das Stampfen seiner Stiefel verebbte, doch bald kam er schwitzend wieder angesaust:

»Hätte beinah die Mädchen vergessen«, erklärte er, drehte den Kinderwagen um und schob ihn im Laufschritt über den kurvenreichen Weg, die Sprungfedern quietschten, während der Wagen über die Wurzeln hüpfte. Bald war Jaatinen wieder aus dem Blickfeld verschwunden.

Zu Hause rief er schon im Flur, die Mädchen unter dem Arm:

»Große Neuigkeiten, liebe Leea!«

Drinnen erzählte er genauer:

»Die Koponen hat mir vorhin im Blaubeerwald einen Antrag gemacht. Was sagst du dazu, gibst du die Erlaubnis?«

Frau Leea Rummukainen nahm Jaatinen die Kinder ab und ließ sie auf dem Fußboden krabbeln, dann setzte sie sich aufs Sofa und seufzte.

»Irene hat mich schon vorige Woche angerufen und mit mir darüber gesprochen. Ich habe ihr gesagt, dass ich wohl gezwungen bin, sie zu akzeptieren, du redest ja auch schon ewig davon.«

»Außerdem haben wir hier Platz für drei«, freute sich Jaatinen.

»Aber musst du dich gleich richtig mit ihr trauen lassen?«

Jaatinen überlegte kurz. »Ich glaube, darauf will sie hinaus, sie will eine richtige Trauung.«

Jaatinen versicherte, die Trauung wäre nur eine Formalität, ein kleines Ritual, und würde Leeas Stellung in der Familie nicht schwächen.

»Wo hat sie dir den Antrag gemacht?«, fragte Leea.

Jaatinen erzählte es ihr. Leea entschied, dass sie gemeinsam in den Wald gehen müssten, um mit Irene zu verhandeln. Leea fütterte schnell die Kinder und legte sie schlafen, dann machte sich das Paar auf den Weg zur Gemeindesekretärin. Diese kam ihnen bereits an Vornanens Denkmal entgegen. Dort, mitten im Kirchdorf, blieben die drei stehen, um die Angelegenheit zu klären. Die Frauen planten sogleich die praktischen Vorbereitungen, sie sprachen über Gardinen, rechneten aus, wie viel Bettwäsche gekauft werden müsste, beratschlagten, wer von ihnen künftig die Mahlzeiten zubereiten und wer für Jaatinens Kleidung verantwortlich sein sollte. Jaatinen stand daneben, kam sich irgendwie nutzlos, überflüssig vor. Er zündete sich eine Zigarette an und versuchte, etwas zum Gespräch beizutragen, wurde aber kaum beachtet.

»Ich könnte mich ja in fünf Jahren von dir scheiden lassen, Irene, formal natürlich, und dann Leea für ein paar Jahre ganz offiziell heiraten, ich könnte mich in Zukunft abwechselnd mit euch trauen lassen«, schlug er vor. Die Frauen streiften ihn mit einem kurzen Blick, äußerten sich jedoch nicht zu dem Vorschlag, sondern unterhielten sich weiter, unter anderem darüber, wie gut es eigentlich sei, wenn es zwei Frauen im Haus gebe, die Kinderbetreuung lasse sich besser regeln, auch wenn eine der beiden arbeite.

»Ich gehe dann mal auf ein paar Bier ins Motel«, verkündete Jaatinen schließlich. Die Frauen beschlossen, Irenes neue Wohnung zu besichtigen; sie nahmen kaum Notiz davon, dass sich das Familienoberhaupt entfernte.

Jaatinen saß im Motel allein am Tisch. Nach einer Stunde kam Kommissar Kavonkulma herein.

»Diese Hitze ..., darf ich mich auf ein Bier zu dir setzen? Vorhin waren übrigens deine Frauen, Leea und Irene, bei mir im Büro, um das Aufgebot zu bestellen. Sie haben auch gleich den Trauungstermin vereinbart. Dir passt der Tag hoffentlich auch. Ich glaube, es war Dienstag, der zwölfte.«

Der Kommissar bekam sein Bier. Er neigte das Glas, äußerte:

»Du hast dann zwei Ehefrauen, herzlichen Glückwunsch auch. Deine Kraft reicht hoffentlich für beide. Natürlich tut sie das, daran zweifle ich gar nicht. Jetzt aber was ganz anderes, morgen ist die Zwangsversteigerung von Jäminkis Hof, ich wollte dich eigentlich fragen, wie das ablaufen soll.«

34

Am Tag der Zwangsversteigerung strömten die Leute schon vom frühen Morgen an zu Jäminkis Haus. Mehrere hundert Menschen versammelten sich, Schaulustige und Käufer. Die Sonne schien, die Leute hatten ihre Feiertagskleidung angezogen. Die bewegliche Habe war auf den Hof hinausgetragen worden, Betten, Spiegelschränke, Kleidung, Vitrinen und Butterfässer. Am Kuhstall wartete das landwirtschaftliche Gerät, dort standen ein Traktor, Eggen, Häckselmaschinen und, unter Planen, der neue Mähdrescher. Das Vieh war in die Umzäunung neben dem Kuhstall getrieben worden, dort muhten die Kühe, zwischen ihnen sprangen die Kälber herum. Auf dem Hof liefen aufgeregte Hühner durch die Menschenmenge, drinnen im Hühnerstall krähte einsam der Hahn, den man auf der Stange vergessen hatte.
Jäminki selbst saß mitten auf dem Hof im Schaukelstuhl. Er wirkte vollkommen gelassen, mit ruhigem Gesicht schaukelte er leise auf dem Rasen hin und her, der Stuhl knarrte anheimelnd. Die Bäuerin saß auf der Treppe, der aus der Stadt herbeigeeilte Magister-Sohn lief geschäftig zwischen den beweglichen Gütern herum, um sie ansprechend zu arrangieren.

Kommissar Kavonkulma ließ mitten auf dem Hof den großen Esstisch aufstellen, dort wollte er als Makler agieren. An der Stirnseite des Tisches saß die Gemeindesekretärin, um über die zu verkaufenden Gegenstände und die Geldsummen Buch zu führen.

Im Publikum befanden sich ein paar Bekannte von auswärts, Direktor Rummukainen und Baumeister Kainulainen. Sie begrüßten Jäminki mit Handschlag, und er freute sich, seine Schicksalsgefährten zu sehen.

»Mich hat der verdammte Kerl auch vernichtet«, sagte Jäminki.

Es war zehn Uhr, die Zwangsversteigerung sollte beginnen. Aber Kommissar Kavonkulma zögerte noch. Jäminki sah auf seine Taschenuhr, knurrte den Kommissar an:

»Lass den Hammer schon dröhnen, es hat zehn geschlagen.«

Aber Kavonkulma begann noch nicht mit seinem traurigen Amt. Er blätterte unruhig in den Papieren, stand schließlich von seinem Platz auf, flüsterte der Gemeindesekretärin etwas ins Ohr und ging dann am Rande des Hofes auf und ab. Es war deutlich zu sehen, dass er auf jemanden wartete.

Nach einer Weile tauchte am Ende der Birkenallee ein Radfahrer auf. Aus der Menschenmenge rief man Kavonkulma zu:

»Da kommt er, du kannst anfangen.«

An der Lenkstange von Jaatinens Fahrrad hing eine dicke, lederne Aktentasche, ihre Schnallen glänzten in der Sonne. Jemand nahm ihm diensteifrig das Fahrrad ab und lehnte es an eine Birke. Jaatinen schritt durch die Gasse, die die Leute für ihn bildeten, zum Auktionsort. Er gab Jäminki die Hand. Der sagte zu ihm:

»Jetzt bist du also gekommen, um mich auszuplündern.«

»Ja, das bin ich.«
Kavonkulma verlas mit eintöniger Stimme die offizielle Bekanntmachung. Das Publikum lauschte reglos, ein paarmal muhten die Kühe auf der Weide, eine Schar Krähen flog kreischend über den Hof und ließ sich am Ende der Allee in den Bäumen nieder, um das Ereignis zu verfolgen.
Kavonkulma verkündete, dass zuerst der Bauernhof verkauft werde, dann das landwirtschaftliche Inventar, und wenn das Geld noch nicht reiche, auch das Inventar des Haupthauses.
Mit dem Boden wurde also begonnen. Zweihundert Hektar Land, sechzig davon bebaut, der Wald in gutem Zustand. Kavonkulma breitete die Flurkarten auf dem Tisch aus, einige Leute beugten sich interessiert vor.
»Zweihunderttausend«, rief ein Mann in Stiefelhosen.
Jaatinen wurde munter. »Dreihunderttausend«, rief er.
»Dreihundertfünfzig«, sagte der andere Mann.
»Vierhunderttausend.«
»Vierhundertzehntausend.«
Jaatinen stellte sich auf die Haustreppe und ließ den Blick über Jäminkis Felder schweifen, Kavonkulma zählte schon den zweiten Hammerschlag; schließlich rief Jaatinen:
»Fünfhunderttausend.«
Niemand erhöhte mehr. Kavonkulma schlug dreimal mit dem Hammer auf den Tisch, durch das Publikum ging ein Raunen. Jäminkis Gesicht blieb unbewegt, doch seine Hand klopfte rhythmisch gegen das Bein des Schaukelstuhls. Jaatinen schrieb einen Scheck aus, setzte seinen Namen unter einige Papiere, Kavonkulma überreichte ihm ein Bündel Unterlagen, sie verschwanden in seiner Aktentasche. Die Schnallen klickten hart, als Jaatinen die Tasche schloss.
Da der Verkaufserlös des Hofes nicht alle Schulden abdeck-

te, musste auch noch das landwirtschaftliche Inventar versteigert werden. Kavonkulma verlagerte seinen Tisch vor den Kuhstall. Jaatinen blieb auf der Treppe sitzen, er war nicht interessiert an Ackergerümpel. Jäminki saß nach wie vor in seinem Schaukelstuhl, auch er schien sich nicht dafür zu interessieren, zu welchem Preis die Geräte verkauft wurden.

Auch das Inventar des Haupthauses wurde noch verkauft. Jaatinen ersteigerte sich das Service, Baumeister Kainulainen erwarb einige alte Stoßbutterfässer, Rummukainen bekam Jäminkis Soldatengewehr. Auch Propst Roivas ließ sich hinreißen, die Käuferstimme zu erheben, er rettete aus dem Nachlass zwei Backbretter.

Gegen Mittag war die Auktion beendet. Die hundertköpfige Menge strömte durch die Birkenallee in Richtung Kirchdorf, die Krähen flogen aus den Bäumen auf. Jäminki blieb allein in seinem Schaukelstuhl auf dem Hof zurück. Jaatinen saß auf der Treppe, doch als die letzten Gäste den Hof verlassen hatten, trat er zu Jäminki.

»Wie wäre es, wenn wir noch ein weiteres Geschäft machten«, sagte er.

»Es gibt nichts mehr zu verkaufen.«

»Lass uns das Land tauschen. Weißt du nicht mehr, dass du auch den Hof von Kääriäinen besitzt? Du kriegst als Gegenwert von mir zehn Hektar deines ehemaligen Landes hier um das Haus, und du kriegst auch dein Haus zurück, wenn du es noch haben willst ... Und um ehrlich zu sein, du kriegst auch die Grundstücke am Seeufer wieder. Man könnte dir für das Urlauberdorf eine Sondergenehmigung verschaffen, du kämst wieder auf die Beine, recht so?«

»Du musst verrückt sein, dass du für die Klitsche einen halben Hof eintauschst. In dem Falle stünde ich ja gar nicht vor dem Nichts.«

»Ich bin nicht verrückt, und ich verliere nicht. Züge müssen nämlich fahren, und ich will, dass sie über meine eigenen Schienen rollen.«

Jäminki erhob sich mit Tränen in den Augen aus seinem Schaukelstuhl. Er räusperte sich, fuhr sich durch das ergraute Haar und reichte dem Ingenieur die Hand.

»Wie sehr ich dich auch hasse, aber jetzt rettest du mich, und besonders die Bäuerin. Ich bitte nicht um Verzeihung und verzeihe auch selbst nicht, aber du bist ein Teufelskerl, tauschen wir also die Klitsche zurück. Ich ziehe allerdings in die Stadt, mache aus diesem Hof eine Sommervilla.«

Fräulein Koponen und Kommissar Kavonkulma traten wie zufällig hinter dem Kuhstall hervor, sie hielten die notwendigen Unterlagen bereit, und umgehend wurde das neue Geschäft abgeschlossen und beglaubigt. Mit Tränen in den Augen ging Jäminki durch seine Birkenallee ins Kirchdorf, wo er mit seiner Familie ins Auto stieg und davonfuhr.

Er verließ Kuusmäki als reicher Mann, aber besiegt. Jaatinen schaute sich seinen Abgang an, und die Gemeinde schaute auf Jaatinen. Man sagte, der Ingenieur habe alles genommen und jedem eine Lehre erteilt.

35 NACHWORT

Der Unterzeichnende hatte eines Sommers die vortreffliche Gelegenheit, in einem bestimmten Zusammenhang nach Orimattila zu reisen. An der dortigen Tankstelle wurde ich auf eine Gesellschaft aufmerksam, die mit dem Kleinbus unterwegs war. Zur Gruppe gehörten ein müde aussehender, großer Mann, zwei blühende, schöne Frauen und mehrere Kinder: muntere Zwillingsmädchen, ein kleinerer Junge und Zwillingsjungen im Babyalter. Der Mann tankte den Wagen auf, die Frauen kauften inzwischen in der Gaststätte Erfrischungsgetränke. Mein Interesse an der Gesellschaft war geweckt, sodass ich mich erkundigte, wer die Reisenden seien. Der Tankwart erzählte mir, es handle sich um Ingenieur Jaatinen und seine Familie.

Später lernte ich ebendiesen Jaatinen in Kuusmäki, seinem Heimatort kennen. Er machte den Eindruck eines müden, jedoch einigermaßen glücklichen Mannes, und besonders seine Gattinnen waren äußerst reizend. Ich wurde in ihrem Heim denkbar angenehm aufgenommen. Ingenieur Jaatinen erzählte mir seine Geschichte, und ich notierte sie mir, so gut es ging. Nach diesen Notizen habe ich meinen Bericht von Kuusmäki und Ingenieur Jaatinen niedergeschrieben.

Wie hat das Leben die Personen, die in diesem Buch auftreten, behandelt?

Es gäbe viel über sie zu berichten, doch ich beschränke mich darauf, einen jeden von ihnen kurz zu erwähnen:

Baumeister Kainulainen hat sich, einigen Informationen zufolge, in Helsinki-Vuosaari niedergelassen, er arbeitet in der Wärtsilä-Werft. Auch eine Familie hat er sich mittlerweile zugelegt, bestehend aus einer Frau und zwei Kindern; allerdings sind seine Wohnverhältnisse sehr beengt. Dennoch sehnt sich Kainulainen nicht nach seinem früheren Amt in Kuusmäki zurück, er hat sich dem Stadtleben besser angepasst als viele andere, die vom Lande zugezogen sind.

Der frühere Schuldirektor Rummukainen unterrichtet am Sportinstitut Vuokatti; wer die Presse verfolgt, weiß, dass er Biathleten trainiert und auch selbst in dieser Disziplin aktiv ist. Er lebt im Kirchdorf Sotkamo und besitzt dort eine saubere Junggesellenwohnung. Außerdem gehört er dem Verein der Reserveoffiziere von Sotkamo an, ist sogar dessen Vorsitzender.

Kommissar Kavonkulma übt weiter sein Amt aus und sagt kein böses Wort zu manierlichen Betrunkenen, stattdessen bemüht er sich, die Konflikte beizulegen, in die er als Ordnungshüter von Kuusmäki zwangsläufig hin und wieder gerät. Seine Schlaghand, die gerade Rechte, bereitet ihm bei Wetterwechsel oft böse Schmerzen, denn sie ist von einem schlimmen Rheumatismus befallen, wegen mangelnden Trainings vielleicht.

Konstabler Ollonen hat sich in Kuusmäki ein Eigenheim gebaut und bewohnt es zusammen mit seiner Frau. Die Schichtarbeit in der Betonfabrik sagt ihm außerordentlich zu. Er ist sehr tüchtig in seinem neuen Beruf und studiert außerdem abends Betonchemie mit dem Ziel, sich an der Industrieschule einzuschreiben, sowie er sich das Studium zutraut.

Wehrleiter Jokikokko überwacht den Brandschutz in Jaatinens Fabrik. Er ist ein Mann, dem die ganze Belegschaft voll vertrauen kann, und noch nie ist ein Feuer ausgebrochen, ohne dass Jokikokko es bemerkt hätte. Auf diese Weise ist die Firma vor eventuellen großen ökonomischen Verlusten bewahrt geblieben.

Propst Roivas lebt weiterhin als Pensionär, hat aber seine frühere Charakterschwäche hinsichtlich seiner Beziehung zu Gott abgelegt; er hat eine Erweckung erfahren und ist ungeachtet seines Alters sehr eifrig unterwegs, um in Kuusmäkis entlegenen Dörfern Andachten abzuhalten. Man hat ihn sogar in mehreren Sommern in Posio, Pudasjärvi und Kuusamo auf den großen Treffen der Laestadianer gesehen, wo er sich als feuriger Redner einen Namen gemacht hat.

Bauer Jäminki bewohnt ein Reihenhaus in Lahti, jedoch nur im Winter, denn sommers zieht er nach Kuusmäki auf seinen alten Hof und verbringt seine Zeit damit, seine Erinnerungen an die früheren Verhältnisse im Dorf aufs Tonband zu sprechen. Für seine präzisen Brauchtumsbeschreibungen, die bis ins Jahr 1916 zurückgehen, ist Jäminki vom Archiv der Finnischen Literaturgesellschaft mit einer Urkunde ausgezeichnet worden.

Manssila ist in den Reichstag gewählt worden, wo er gewichtige Gesetzesarbeit leistet, nicht nur für Kuusmäki, sondern auch für die Region und die gesamte Nation. Pyörähtälä ist Betriebsleiter in der *Nordischen Beton und Lehm* und hat die Ökonomin Säviä geehelicht, die hochschwanger ist.

Leea und Irene blühen und sind beide schwanger.

Und wie ist das Befinden von Ingenieur Akseli Jaatinen selbst?

In einem Gespräch unter vier Augen beschrieb Jaatinen dem Verfasser dieses Buches seine gegenwärtige Lebensphase mit den Worten, er sei ein glücklicher Mann, wenn auch mit einigen Vorbehalten.

In häuslichen Angelegenheiten hat er nicht viel mitzureden.

Seine Frauen entscheiden alles gemeinsam; das ständige Gerufe zwischen den beiden Flügeln seines Hauses belastet den Ingenieur zuweilen. Das Eheleben verläuft ruhig, zehrt aber unleugbar an seinen Kräften. Die Gemeinde Kuusmäki empfindet er hin und wieder als einengend klein, er hätte Lust, ins Zentrum der Provinz zu ziehen.

Auch wenn also im Leben von Ingenieur Jaatinen alles bestens bestellt ist, kann es vorkommen, dass er sich, wenn er ein wenig getrunken hat, dem fremden Zuhörer anvertraut. Er würde in der Tat gern diesen kleinen Lebenskreis verlassen, noch einmal richtig seine Kräfte erproben, eventuell in einer der Provinzen, zum Beispiel in Häme; anstelle einer kleinen Gemeinde würde er gern eine ganze Provinz mit ihrer Industrie, ihrem Verwaltungsapparat und allem Drum und Dran übernehmen.

»Aber ich werde wohl alt«, meint er unsicher. »Ich habe nämlich Bedenken, einen Kampf anzutreten, bei dem als Lohn eine ganze Provinz winkt, sei es auch nur eine kleine. Ich habe gelegentlich mit meinen Frauen über diese Dinge gesprochen, aber sie sagen, ich sei größenwahnsinnig geworden. Liegt es vielleicht daran? Ich weiß es nicht.«

Es wird Abend, die Dämmerung bricht herein. Mein Postauto wartet an der Bushaltestelle von Kuusmäki. Jaatinen begleitet mich. Vom Rücksitz des Autos sehe ich noch, wie er im Sonnenuntergang dasteht und seine große Hand schwenkt wie einen Spaten.

Kuikero, den 29. 5. 1976
Arto Paasilinna